Portrait of Jennie

珍 妮 的 肖 像

[美]罗伯特·纳森 著

程玮 译

南京大学出版社

图书在版编目(CIP)数据

珍妮的肖像 / (美) 罗伯特·纳森 (Robert Nathan)
著; 程玮译. -- 南京: 南京大学出版社, 2017.4 (2019.1重印)
ISBN 978-7-305-18365-2

Ⅰ. ①珍… Ⅱ. ①罗… ②程… Ⅲ. ①中篇小说—美
国—现代 Ⅳ. ①I712.45

中国版本图书馆CIP数据核字(2017)第048884号

Portrait of Jennie

江苏省版权局著作权合同登记　图字：10-2016-082 号

出版发行　南京大学出版社
社　　址　南京市汉口路22号　　邮　编　210093
出 版 人　金鑫荣
项 目 人　石　磊
策　　划　刘红颖

书　　名　珍妮的肖像
著　　者　[美]罗伯特·纳森
译　　者　程玮
封面绘图　傅斯特
责任编辑　黄　睿　宋冬昱
责任校对　关鹏飞
终审终校　罗　凡
装帧设计　谷久文

印　　刷　恒美印务（广州）有限公司
开　　本　787×1092mm　1/32　印张　5.625　字数　78千
版　　次　2017年4月第1版　2019年1月第2次印刷
ISBN 978-7-305-18365-2
定　　价　28.00元

网　　址：http://www.njupco.com
官方微博：http://weibo.com/njupco
官方微信号：njupress
销售咨询热线：(025) 83594756

目录

第 一 章

有一种饥饿，甚至连食物都不能缓解。我现在感受的就是这样一种。我贫穷，我的画作默默无名。我经常吃了上顿没有下顿。我那位于西城区的小画室在冬天很冷。可这些都不是真正的原因。

我的痛苦并不在于饥饿和寒冷。作为一个艺术家，我忍受着另一种痛苦，它远远超过了贫寒。那是心灵中严酷的冬天。一个人的灵感，一个人的创作冲动，被冰雪严严实实地覆盖了。有谁能知道，春天还会不会到来，使冰雪融化，让它们重新复苏？

这不是因为我的画作卖不出去。这样的事情，很多优秀的画家，甚至大师都经历过。我的痛苦在于，我无

法将自己内心深处的感受用画笔真实地表达出来。不管
我画什么，人物、风景、静物，都表现不出深藏在我心
中的感受。而这种感受对我来说，是那么清楚明白，就
像我知道我的名字叫艾本·亚当斯一样。我想通过我的
画笔把它传递给这个世界。可是，它们没有能够做到。

我无法向你们描述那个时期的心情。这是一种难以
言说的焦灼和恐惧。我相信大部分艺术家都有过这种经
历。突然，他们觉得，仅仅是活着，画画，能吃饱，或
者勉强吃饱，还远远不够。总有一天，上帝会这样拷问
他：你到底相信我的存在，还是不相信我的存在？一个
艺术家必须做出回答。或者，他的心灵受到如此的撞击，
已经一地碎片，无话可说了。

1938年冬天的一个傍晚，我穿过公园回家。那时我
还很年轻。我腋下夹着一个画夹，里面装满了画稿。我
很疲惫，慢慢地向前走着。冬日傍晚的雾湿润而寒冷，
它在草地上弥漫地升腾起来，若有若无地缠绕着我，在
已经空无一人的林荫路上飘浮。平时在这里玩耍的孩子
们已经回家了，只剩下光秃秃的树枝和一排排长椅在迷

雾中若隐若现。我把画夹从左边换到右边。画夹很笨重，可我没有钱坐车回家。

我跑了整整一天想卖掉几张画。可我越来越感到绝望。我觉得这个世界冷漠得可怕。它对一个人的饥饿或者痛苦无动于衷，它甚至对一个人内心的感受也无动于衷。每天早上醒来，我就发现我的勇气在消失。现在，我的勇气已经像沙漏里的沙子，彻底流尽了。

在这个傍晚，我已经走投无路。没有钱，也没有朋友。我又冷，又饿，又累。看不到希望，也找不到出路。我想，那时候的我，因为饿着肚子，已经有点恍恍惚惚了。我穿过公园的行车道，沿着那条空无一人的林荫路走着。在我的前面，规则而整齐的路灯长长地排列着，在黄昏里闪烁着浅黄色的光芒。我听见自己在人行道上一步步行走的声音。在我的身后，是下班的车流，低沉而混浊。城市的混响突然变得含糊而辽远，好像来自另一个时代。它好像来自一个古老的时代，就好像很久以前夏天的草地上，有蜜蜂在嗡嗡低鸣。我向前走去，无声无息地穿行在梦幻的隧道中。我的身子仿佛已经失去了重量，就好像夜色里的空气。

那个在林荫路中间独自玩耍的小女孩同样也是无声无息的。她在玩跳房子。她张开腿轻盈地跳向空中，再轻盈地落下来，像一缕蒲公英花絮一样悄无声息。

我停下脚步，打量着她。我很惊奇。她竟然是一个人在这里，周围一个孩子也没有。只有绵延排列着的路灯，在冬日寒冷的迷雾中隐隐伸向远处的湖畔。我四处寻找她的保姆，所有的长椅都是空空荡荡的。"天黑了，"我说，"你不想回家吗？"我相信我的语气是很友好的。

小女孩把下一步要跳的地方做了个标记，然后停下来，偏过头看了我一眼。"晚了吗？"她问。"我对时间这东西不太了解。"她不在乎地说。

"是的。"我说，"晚了。"

"哦，"她说，"可我现在还不需要回家。"她接着又补充一句，"没有人在等我。"

我想，我真是多管闲事。我转身想走。

她站直了，把脸上凌乱的深棕色头发捋到一边，塞进帽子里面。她的胳膊细细的，像普通的小孩子一样，有着小鸟一样敏捷轻快的举止。"如果你不介意的话，我跟着你走一段。"她说，"我一个人在这里有点孤单。"

我对她说我不介意。我们就一起沿着林荫路，在那一排排空荡荡的长椅中间走着。我一边走一边四下寻找着照看她的人。可是，周围真的空无一人。"你就一个人吗？"过了一会儿我问她，"没有人陪你？"

她看见别的孩子用粉笔画在地上的记号，就停下来，使劲跳过去。"没有。谁会跟我到这儿来？"

"不过，"过了一会儿，她又补充一句，"你跟我在一起呢。"

不知什么原因，她似乎看上去很满意。她想知道我的画夹里面是什么。当我告诉她以后，她满意地点点头。她说："我就知道里面放的是画。"我问她怎么知道的。她说："我就是知道。"

湿润的雾气在我们周围飘浮着，带着冬天的气息，很冷。我想，也许是我一天没吃饭的缘故，一切都变得那么不可思议。我现在和一个还不到我胳膊肘高的小女孩走在林荫路上。我不知道我这样的行为会不会被拘捕。

如果有人问起来，我连她的名字都不知道呢。

她默默地走着，好像在数着路边的长椅。可是她一定知道我心里的念头，当我们走过第五条长椅的时候，她不等我问，就把她的名字告诉了我。"我叫珍妮。"她说，"就是想让你知道一下。"

"珍妮，"我重复了一遍，有点摸不着头脑地问，"珍妮什么？"

"珍妮·阿普顿。"她说。接着，她告诉我，她和她父母一起住在一家旅馆里。可是，她很少能跟他们见面。"爸爸和妈妈是艺术家。"她解释说，"他们在汉马士坦游艺场演出，表演走钢丝。"

她向前跳跃一步，又回到我面前，用她的小手拉起我的手。"他们很少回家。"她说，"因为他们总是要演出。"

我开始感到疑惑。等一等，我对我自己说，这事儿有点不对头。等一等，我想……等一等……我想起来了。其实，是这么回事，汉马士坦游艺场很多年以前已经拆掉了。那时候我还是个小孩子。

"是这样吗，"我说，"是这样吗……"

她的手正真实地握在我的手里，紧紧地，很温暖。她不是幽灵，我也不是在做梦。"我每天去上学。"她说，"不过，只是上午去。我还太小，不能上全天。"

我听到她发出一声叹息，孩子气的，充满了苦恼，像空气一样轻盈。"我上的课很没意思。"她说，"都是那种2加2等于4什么的题目。等我长大一点，我就可以读地理和历史，读关于威廉二世的故事，他是普鲁士国王。"

"他曾经是。"我认真地说，"这是很久以前的事了。"

"我觉得你搞错了。"珍妮说。她从我身边走开几步，无缘无故地笑了起来。"西茜莱·琼斯在我们班上。"她说，"我比她劲儿大，我不费事就打过她了。她只不过是一个小女孩。"

她跳跃一步，"有人跟着一起玩真有意思。"她说。

我低头打量这个小女孩：一个穿着老式衣服的孩子。外套，绑腿鞋，无檐帽。有谁画过这种打扮的女孩？是亨利？是布罗西？总之，某个古典画家……在博物馆里好像还有这么一幅画，是什么人的女儿，就挂在上楼梯的地方。不过，孩子穿的衣服都差不多。我觉得她平时大概很少跟别的孩子在一起玩。

"是的。"我说，"有人一起玩是很有意思的。"

"有人跟你一起玩吗？"她问。

"没有。"我说。

我觉得，她在为我难过的同时，又为她是我唯一的玩伴而高兴。这让我觉得好笑。我想，孩子们对游戏总是很认真。他们什么都相信。路面上出现一条有趣的裂纹，她用一只脚顺着裂纹跳过去，一直跳到裂纹消失的地方。

"我会唱一支歌儿。"她说，"你想听吗？"

不等我回答，她帽檐下的眼睛注视着我。她唱起来，她的声音清亮而不成调：

> 我从哪里来，
>
> 没有人知道。
>
> 我去的地方，
>
> 人人都会去。

海风吹，

海浪高，

真相无人知晓。

这支歌儿使我大吃一惊，它完全出乎我意料之外。其实我也不知道我准备听到什么样的歌儿。也许是儿歌，或者是当时流行的歌曲。那些父母是艺术家的小女孩，有时候会唱爱情歌曲。"这是谁教你的？"我惊奇地问。

可是，她只是摇摇头，站在那里注视着我。她说："没人教我，这只是一支歌儿。"

我们已经走到林荫路尽头的广场。我得走左边那条路，再穿过行车道，从西边的大门出去。冬天的傍晚，用它那湿冷的雾气团团包围着我们，寂静而凄凉。湿漉漉的树木枝丫凌厉狰狞。远处的城市传来的低沉混响，渐渐被冬夜的沉静吞噬。"再见！"我说，"现在我得走了。"

我把手伸给她，她郑重地握着。"你知道我最喜欢玩的游戏是什么？"她问我。

"不知道。"我说。

"是许愿的游戏。"

我问她最大的愿望是什么。

"我希望,你能等着我,等我长大。"她说,"可是,我担心你不会愿意这么做。"

说完,她转身朝着林荫路那边无声地走去。我站在原地看着她的背影。不一会儿,她的背影就消失了。

回到家里,我在煤气炉上热了一盆汤,切了一片面包,还有几片奶酪。吃下去以后,胃里沉甸甸的,但我感觉好了很多。然后,我把画稿从画夹里拿出来,把它们放在地板上,倚墙竖着,我研究着它们。这些画都是新英格兰的风景:鳕鱼角[1]、教堂、渔船、古老的房子……大多数是水彩,只有几张是素描。可是,没有一幅是都市风景。奇怪,我以前竟然从来没有注意到这一点。

我走到窗前望出去,外面夜色朦胧。一道道屋顶和烟囱的轮廓,阴沉而迷蒙。有一些窗户亮着灯火。北边

---

1 鳕鱼角:科德角(Cape Cod),美国马萨诸塞州南部巴恩斯特布尔县的钩状半岛。

有几座高楼耸立在天幕里。在这一切之上，飘浮着冬天湿冷的空气，那种海边沉重湿润的空气。港口有一条船在鸣笛，凄凉而神秘的声波掠过屋顶，掠过城市的噪音，就像海鸟掠过运河的水面。我不明白，我为什么从来没有想过要画一画这个城市。我想，我可以画几幅运河的水粉画，只要我能表现出天空那种寒冷的感觉。或者，公园南面那些房屋的线条，在傍晚柔和的光线里，如果我能够表现出它们那种遥远的、浅黛色远山的感觉。可是自始至终，我的脑海里总是飘浮着那个在林荫路上遇到的女孩的影子。"我去的地方，没有人知道。海风吹，真相没有人知道。"真是一支奇怪的歌儿。它的不成调给人留下深刻的印象。而那种不成调，几乎就成了那支歌儿的一部分。

我记起她最后转身离开前跟我说的那句话。可是，一个人不可能等着另一个人长大。人们都是共度岁月，同时长大，肩并着肩，一步一步往前走。他们做孩子的时候在一起，垂垂老去时也在一起。然后，他们同时远行，向着等待他们的地方走去……是长眠，还是天堂？我不知道。

我打了个寒颤。窗前那积满灰尘的暖气片只有一点点微热。我想，我得跟杰克斯太太说一下。可是，我毫无来由地伤感起来，就好像刚刚听人叙述了一个古老而凄凉的故事一样。这个晚上再工作是没有什么意义的。为了保持我继续生活的勇气，我立刻上床睡觉了。

第 二 章

我又拖欠房租了。我想，杰克斯太太如果能找到房客的话，一定会把我扫地出门的。可是，没有人会愿意租这样一个画室。家具快散架了，天花板灰暗陈旧。尽管这样，她一听到我抱怨暖气立刻火冒三丈。她说："这里不是旅馆。"她气冲冲地补充一句，"你付的房租，就只能是这样了。"

我真的害怕跟她见面。她站在我面前，总是紧闭着嘴巴，两只瘦骨伶仃的手交叉着搭在腹部。她眼睛里透出的那种洞察一切的目光，就好像把我的未来也已经看得明明白白。我的未来就像我的过去和现在一样，没有任何希望。也许人们会奇怪，为什么我不离开这里，搬到别的地方去。事实是，我无处可去。廉价的画室不容易找到。更何况我一直拖欠着房租。在那些日子里，我自己也看不到一点希望。换一个地方也不会改变多少。

那是一个到处充满绝望的时代。盲目的仇恨情绪在我们周围冲突搏杀，就像创世纪时，天使和恶魔在激烈搏杀一样。这是一个画家的时代。这时代属于布莱克[1]，或者是戈雅[2]。可它不属于我。我两者都不是。我继承了在中西部出生的父亲务实的气质，这使我不能成为布莱克。我也继承了来自新英格兰的祖母的保守气质，这使我不能成为戈雅。我的父亲和祖母对上帝充满虔诚坚定的信仰，使得他们在生前身后都被天堂的光芒照耀着，明亮而温暖。

我相信杰克斯太太欣赏我的画，虽然她从来没有说出口。她经常站在那里看我的画。她紧闭着嘴，两手交叉搭在腹部。有一次，她收下我在图鲁尔画的那张帕末河渡口的速写，用它抵了我一个星期的房租。其实现在

---

1 布莱克：19 世纪初英国宗教诗人兼画家。
2 戈雅：18 世纪西班牙画家。

这张画的价格会高很多，不过她可能不会知道。我也不明白，她到底为什么喜欢这幅画。也许是对某些阳光明媚日子的记忆。我试着在那幅画中表现出夏日的感觉，河水静静地流淌，遗弃在草丛中的船只孤寂而失落。也许，她在画中捕捉到了这一点，引发了她的想象。我不能肯定。杰克斯太太不喜欢我的都市画。现在我回想起来，才明白，那些都市画对于她来说，一点新鲜的感觉都没有。只是她日复一日的生活而已。她就像粘在蜂蜜里的苍蝇一样，深陷其中，却无力摆脱。她为什么要喜欢河面上那冰冷的天空，还有那在街道的阴影中穿行的风和远山一样黛青色的雾。她天天看着这一切，她还将看一辈子。

我突然有了新的希望。这希望持续了三天。三天以后我才发现，我的都市画还是卖不出去。

到第四天将近傍晚的时候，我的运气突然有所好转。不过，当时我并不认为这是转运，我以为只是偶然的一点小运气而已。

那天我沿着长长的街道步行回家。我的胳膊下夹着画夹。我无意中在马修画廊的门口停下脚步。我以前还从来没有到过这里。那时候，这个画廊很小，在第六大街附近的一条小街上。画廊里正在举办一个画展，是一个年轻画家的作品，大部分是人体和花卉。我很好奇地进去了。正在那里东看西看，马修先生走过来，问我有什么事。

现在我和亨利·马修很熟了，我对他的一切都非常了解。六年以前，是他帮我把我的那幅黑衣女郎卖给了大都会博物馆。我现在知道他为人腼腆而善良。可当时，在他看见我走进去的时候，他心里一定非常烦恼。因为他马上就看出来，我不是进去买画的。可是，天色已经不早了，他准备关门了。因此，他想把我打发走。那时候，史宾尼小姐是他的助手。她已经回家了。否则，他会让她出来打发我离开的。史宾尼小姐知道怎么对付那些想卖画给她的人。

他从展室后面的小办公室走出来，勉强微笑着。"先生，"他说，"我能为您做些什么？"

我看看他，又看看夹在胳膊下的画夹。好吧，我还有什么不好意思的？"我不知道，"我说，"也许，您可以买我一张画？"

马修先生礼貌地用手捂着嘴，轻轻咳嗽几声。"风景吗？"他问。

"是的。"我说，"大部分是风景。"

马修先生又咳嗽起来。我明白，其实他想说：小伙子，不可能。可是，他说不出口。他怕看到对方失望的眼神。如果史宾尼小姐还没回家，她会直截了当打发我走开的。

"哦，"他犹豫地说，"我没有把握。其实，我们很少买画……或者说根本不买……您知道现在经济很不景气。不过，让我看看您的画吧。风景，嗯，真遗憾。"

我打开画夹，把一些画放到桌上。我知道没有什么指望。但是，有人愿意看我的作品，我已经很荣幸了。画廊里很暖和。而我，又冷又累。"这些是鳕鱼角。"我解释说，"这些是图鲁尔北部的渔场。这是康山。这是马希陂教堂。"

"风景。"马修先生很沮丧地说。

疲倦、饥饿、寒冷、长期的等待和失望，一起涌上我的心头，我的喉咙突然堵塞得透不过气。我一时说不出话来。我想收起画就走，但我没有这么做。"这是两三张都市写生。"我说，"这是桥……"

"什么桥？"

"哦，就是那座新造的桥。"

马修先生叹口气，说："我就害怕这些画。"

"这是公园南面的风景……"

"这还不错。"马修先生勉强地说。他不想显出太失望的样子，但我看出来，他很为难。他好像想不出用什么话来敷衍我。我想，好吧，您为什么不说出来呢？您就撵我出去，告诉我您根本不想要这些东西……

"这是湖景，还有水鸭……"

突然，他的眼睛一亮，伸手从画夹里拿出一张画大叫起来："这是什么？"

我好奇地看看他手里的画。"哦，"我有点摸不着头脑，"这算不上什么。这只是一张人物速写，我在公园里碰到的一个小女孩。我想用它记录下自己当时的感受……我都记不得我把它放进画夹了。"

"哈，"马修先生快乐地说，"不管怎么样，这张很特别。这张很好。你知道我为什么喜欢它吗？我能在这里看到过去的时光。真的，先生，我想我在哪里见过这个小女孩，可我说不出是在哪里。"

他把画举起来，再把它放到桌上，退后几步看了看，又走到跟前。他看起来兴致很高。我有种感觉，他之所以这么高兴，是因为他终于不至于一张画都不买，就把我打发走了。我的心急速地跳起来，手颤抖着。

"想起来了，"他说，"这孩子让我记起了什么。会不会是博物馆里在上楼梯的地方挂着的《布什家孩子》那幅画？"

我深深呼吸了一口气。一瞬间，我恍恍惚惚，好像又回到在迷雾中和珍妮在林荫路上散步的情景，真像梦一样。

"我不是说您在临摹。"他接着说，"也许是同一个孩子，用您自己的风格画的。这幅画和那幅画有一点相同的东西。"他直起身子说，"我买这一张。"可是，他的脸色突然沉重起来。我能看出，他不知道这张画该给我多少钱。我知道一张带一点色彩的速写不值多少钱。

如果他按画廊的价格付钱，我连一顿像样的饭都吃不到。直到今天，我回想那一刻的情景，我还相信他心里就是这么想的。

"喂，小伙子，"他说，"您叫什么名字？"

我把我的名字告诉他。

"那么好吧，亚当斯先生，这是我的开价。我买这张女孩子，还有公园风景。两张，我给您25美金。"

我的手不知不觉地颤抖起来。25美金！对那时候的我来说，是一大笔钱。可是，我不想让别人觉得我太急切，我努力保持着镇静。我们是多么愚蠢，在早已看透我们的人面前，还试图装腔作势。

"好的，"我说，"成交。"

走进他办公室之前，他从衣袋里拿出一个小本子，在上面写了几个字。他把小本子放在桌上，正巧让我瞥见。上面大约是画廊的账目。有两行数字，一栏是卖画收入，一栏是杂费支出。卖画收入下写着：铜版画一张，水景，马林，二版，35美金；彩印画，蓝色花卉，塞尚，7.50美金；石版画一张，公园，索亚，梨木画框，45美金。

在杂费支出下写的是：

午饭，连啤酒 ······ 0.80 美金

雪茄 ······ 0.10 美金

支票 ······ 0.10 美金

公交车（来回） ······ 0.20 美金

邮票 ······ 0.39 美金

史宾尼 ······ 5.00 美金

小旗（义卖） ······ 0.10 美金

亚当斯两幅水彩画 ······15.00 美金

我的心突然沉了一下，因为我记得他刚才说的是 25 美金。可是，在我还没有来得及悲伤的时候，他已经拿了说定的数目出来了。两张 10 美金，一张 5 美金。我正要感谢他，他阻止了我。"别，"他说，"不要谢我。将来也许我要感谢您呢，谁知道呢？"

他腼腆地笑笑。"糟糕的是，没有画家表现我们的时代。没有画家画我们生活着的时代。"

我喃喃地说出班登和约翰·史德华·居里几个画家的名字。"他们算不上。"他说，"如果只是单纯的风景，我们永远不会发现，我们生活的时代是什么样子的。"

我一定是一脸很吃惊的样子。他接着咳嗽起来。"我有几句话想告诉您，亚当斯先生。"他说，"我给您一个忠告。这世界上到处是风景。每天都有好几打人带着这些画走进画廊来。您给我把公园里那个小女孩画出来。我一定买，有多少张我都买。别管那些桥，世界上已经到处都是桥。画一张真正的肖像画。我会使您成名。"

他客气地拍拍我的肩膀，送我出来。外面寒冬凛冽，暮色苍茫。可我已经把这一切都忘了。25 美金啊！

没隔多久，我就了解到杂费上那笔 15 美金的真相。马修先生认为这两幅画只能卖这么多。他担心史宾尼小姐第二天会嘀咕，自己掏钱凑足了给我的画资。

第 三 章

年轻的心，易冷也易热。我觉得我已经获得了一次成功，我要与全世界分享。那天晚上，我到阿姆斯特丹大街上穆尔开的阿兰布拉餐馆去吃晚餐。对我当时的处境来说，这是最合适的选择。当我进去的时候，出租司机古斯·梅尔坐在那里向我招手。他的出租车经常停在我们的街角。"嗨，马克，过来坐！"不管是谁，他都喊人家马克。这是他的习惯。也许是他对别人叫什么不在乎，或者是一种亲昵的做法。

"嗯，"我在他那里坐下后，他问，"最近混得怎么样啊？"他面前放着一大盘猪肘子，一杯啤酒。"这是今晚的优惠菜。"他说，"你也应该来一份。"

弗莱特，两个侍者中较瘦的那一个走到我身边。我点了菜。"混得还好，"我对古斯说，"有一家画廊刚刚买了我两幅画。"

他叉着肉正准备往嘴巴里送，立刻停下来，瞪大眼睛看着我。"你说你挣到钱了？"他问。

他放下叉子，沉思着摇摇头。"也许这是你的运气。"他说，"别乱花。就像广告上说的那样，把钱存进银行里。"

我告诉他，大部分钱归房东太太。他很难过地看看我，"一个艺术家赚不了多少钱。"他安慰我说，"跟我一样，没机会攒钱。"

他看了一会儿眼前的盘子，平静地说："我曾经有过 600 美金。全给我花完了。"他接着补充说，"我给了我母亲一些钱。"

他又吃起来，就好像这件事情已经跟他毫不相干了。

"这肘子真不错。"他称赞道。

好一会儿，我们沉默地吃着。他吃完后，把空盘子推开，从桌上的玻璃杯里抽出一根牙签，靠到椅背上，陷入回忆和沉思中。

"总有一天，"他若有所思地说，"我也许吃不起肘子，喝不起啤酒。如果到了这一天，我不会在这个世界上待下去的。"

"我根本就没想来到这个世界上。"我说，"可是，我来了。"

"是啊，"他说，"谁也做不了这个主。我们来到这个世界，就得在这个世界生存下去。我问自己，可这一切究竟有什么意义？"

他沉思地审视着牙签。"可是，我们找不到答案。一个人出生的时候贫穷，死的时候还是贫穷。就是赚了一点钱，人家还是把它全拿走。"

我换个角度说："也有一些人，出生的时候贫穷，死的时候万贯家产。"

"那么，他们还是有很多烦恼的。"古斯说，"我一点也不羡慕他们。我只想给我的汽车换一个新的点火器。它现在每时每地都可能熄火。"

"我想要更多一些。"我说。

"你错了。"他说，"我以前有过600美金，全花掉了。"我提醒他，他也给过他母亲一些钱。

"那又怎么样？"他说，"每个人都有母亲，照顾母亲是我们的本分。不是吗？"

"我不知道。"我说，"我没有母亲。"

"对不起，马克。"古斯说。他沉默了一会儿，"也许，你成家了。"

我告诉他，没有。

"嗯，你还年轻。"他安慰我，"有一天，你会遇上一个合适的。一切就都会好起来的。"他凑过来，诚恳地看着我，"马克，你是个好孩子，"他说，"把钱存进银行，等你哪天碰到合适的女人，成了家就好了。"

我不想让这个话题继续下去。"听着，"我说，"我没有钱。从来没有过。我就这么继续生活下去，一切交给上帝安排。"

"那当然。"他表示同意，"那当然。但这并不说明什么。现在你得问你自己，上帝他到底会怎么想？"

我觉得自己被问得没有退路了，我有点不安。"我不知道，古斯，"我问，"你觉得他会怎么想？"

那根牙签已经差不多嚼烂了。古斯把两腿搭在椅子横档上，向后仰起。"但愿我能告诉你，马克。"他说，"我真的希望能这样。有时候，你会觉得，他根本不知道我们的存在。可是，在最倒霉的时候，突然就有意想不到的好运降临。比如说，有人上车让你把他一直送到泽西市去。或者，碰上一个喝醉酒的，一下给你5个多美金的小费。这并不是说，让你相信上帝。但是，它让你看到，确实有什么在主宰着这一切。"

"就像上帝用火柱引导以色列人走出埃及一样。"我说。

古斯忧郁地摇摇头。他说："那是他对我们最严厉的惩罚。"他把椅子放平，俯身靠在桌子上。"你听我说，马克。"他问，"你有没有问过自己，我们为什么会来到这个世界？我们肯定不是上帝最宠爱的人。我们被送到这个世界上，是因为我们很坚强。上帝需要我们这样的人。通过我们，向世界上的人证明他的存在。可是，这个世界上的人不信这一套。他们希望按自己的心愿生活。所以，我们到处受打击。可上帝无动于衷，只是说，继续你们的使命。"

"那么，耶稣呢？"我问。

"他是个犹太人，不是吗？"古斯说，"他向世人讲述上帝，可他得到了什么结果？如果今天有人向世人讲述耶稣的那些道理，他会被人踢打得连东南西北都分不清。"

他坐直身子，眼睛注视着我，俨然是一个古代的先知。他说："上帝让我们来到这个世界上，就是对我们最严厉的惩罚。"

"再来一杯啤酒。"我说，"记在我的账上。"

"好！"他说，"我不反对。"

穆尔先生亲自把啤酒送过来。他是个大个子，为人很谨慎。"古斯，你好啊？"他说，"你看上去气色很好。一切都不错吧？"

"好极了，"古斯说，"向你介绍一下我的朋友。马克，你叫什么名字？"

我和穆尔先生握了握手。他在我们这张桌子旁坐下来。他说："我跟你们坐一会儿，你们不介意吧？"

"欢迎。"我说。

"这位马克是一位艺术家。"古斯强调说,"一个画家。今天他卖画挣了很多钱。"

这位餐馆的老板向我笑着。"太好了。"他说,"真是太好了。你对我们这里还满意吗?"

我回答说,一切都非常好。

"我们这里环境很不错。"穆尔先生缓缓地环顾四周,就好像他第一次来到这里一样。"我们努力使每个客人都满意。"

我感到很温暖,很快乐。跟别人在一起聊天真好,不需要一直想着"现在我该怎么办"这样的问题。

"你这里的生意真好,穆尔先生。"我说,"我想你自己也知道。"

他看看我,忽然小心起来。"嗯嗯,"他解释说,"这话很难说。我们这一行很烦人的,什么工会啊什么的。原料的价格也很高。我们这一行,实在挣不了多少钱。晚上这个时候,一半桌子都没坐满,多半是靠中午的生意。"

"你应该把这地方搞得漂亮些。"古斯说，"你看我的车子。每星期我都把这老家伙收拾一下，上光打蜡。这样很招引客人。人们都喜欢好看的东西。"

"当然。"穆尔先生说，"只是我没有这个钱。"

古斯把牙签一折两段，又取出另一根。"这位马克是个画家。让他给你们画点儿什么。"

穆尔先生先看一眼古斯，又看一眼我。他把一个糖罐拿起来，然后又放下。"嗯嗯，"他说，"这倒是个好主意。"我看出来，他在等我开口。

我也觉得这是个好主意，只是稍稍出乎我的意料。我根本没想到过有这样一种可能性。

"当然，"穆尔先生说，"我可付不出多少钱。"

"好吧，"古斯说，"你可以给他包饭，不是吗？"

"对了。"穆尔先生沉吟着点头，"我可以给他包饭。"

"好了，马克，"古斯说，"你的饭有着落了。"

"好主意。"我说。

穆尔先生瞥了我一眼。"或许，你可以给我的酒吧上面画点什么。"他说，"有品位一点的，大家站在吧台前愿意多看几眼的。"

"他的意思是画女人。"古斯解释说，"你明白不，光着身子的女人坐在草地上。"

餐馆老板在椅子上不安地扭动了一下，他的大胖脸突然红了。"得画那种正经女人。"他说，"要不人家会说怪话。"

"那当然，那种时髦的公园野餐。"我点点头说，"我明白。"

他依然有点不安，"总之，不能太色情。"他说，"可别给我招惹麻烦。"

我告诉他，我明白他想要什么，他很感激地看着我。他说："就这样，我们一言为定。只要你在这儿画画，就能在这儿吃饭。日后，如果画成了，我们还可以商量。"这不太像一笔正规的交易。可是，我们互相握了握手。他招呼侍者过来，"今天这顿饭算我的。"他说，拿过我们的账单，在上面打了个叉。

出门以后，古斯拍拍我的肩膀。"马克，你的财运来了。"他说。我想谢谢他。但他摆摆手："你听我说，我也因此白吃了一顿，是不是？"

他钻进车子，呵呵地笑着："别太色情，马克。"

回家的路上，我想，这世界是多么美好。当晚，我就把欠杰克斯太太的两个星期房租付给了她，还预付了一个星期。

"怎么回事，"她问，"你抢银行了吗？"

她今天的话一点也没有破坏我的心情。"不是。"我说，"我现在替别人画壁画呢。"

第 四 章

一个星期天的早晨，我又见到了珍妮。

那两三个星期以来，天气持续晴朗而寒冷。七十二大街公园大湖封冻了，可以在上面溜冰了。我找出我那双陈旧的冰鞋，去那里溜冰。湖面上满是溜冰的人。我坐在湖边的长椅上，穿上冰鞋，把我的两只鞋子扣在腰带上。一个大步，滑出很远，然后拐一个大弯，猛地刹住。冰渣在脚下飞溅起来。我迎着太阳向前滑行。

那是纽约冬天最美好的日子。天空是淡淡的蓝色，灰白色的云彩轻盈缓慢地自西向东漂浮着。整个城市沐浴在阳光下。一栋栋建筑在阳光下闪闪发亮，就好像是水和空气凝固而成的。我深深吸了口气，滑出去一大步。

寒冷凛冽的空气扑面而来，我感觉自己年轻而强壮，我的血管里流淌着滚烫的热血。一对对人迎面而来，从我身边掠过。他们手挽着手，脸上红润发亮。孩子们穿着冰鞋飞一样地掠过。一位老人正在花样滑冰。他穿一件棕色外套，围着一条红色的围巾。他先向前滑去，突然转个身，倒退着滑一圈，两脚叉开，成一条直线。他微微曲着腿，双手叉腰，优雅而骄傲地向前滑行。我停下来看了他一会儿，继续迎着太阳向前滑去。溜冰的人们在我的四周静静地穿行着。他们跳动着，飞翔着。清新寒冷的空气扑面而来，整个世界充满了光芒。

在两个池塘之间的小桥那里，我发现了珍妮。她穿着一身黑丝绒的衣服，裙子短短的，喇叭花一样张开着。她穿着白色的靴子，蹬着老式的圆头冰刀。她正在练习滑"8"字，看起来很不熟练。可是，她好像比我上次见到她时高了一点，长大了一点。我几乎不敢断定是她。这时她抬起头，看着我，喊道："哈罗，亚当斯先生！"

她滑到我面前，然后张开胳膊，使自己停下来。

"我差点没有认出你。"我对她说，"你好像比上次长大了好多。"

她微笑着，用冰刀尖抵着冰，让自己站稳。"噢，"
她说，"也许你上次没有仔细看我。"

我不知道我们站在那里面对面笑了多久。过了一会
儿，珍妮用胳膊肘碰了碰我："来，我们一起溜。"

我们手拉着手滑行起来。我周围的世界突然又变得
迷茫虚幻起来。溜冰的人们像河流一样从我们身边流淌
而过，我们正穿行其间。冰刀在阳光下闪闪发亮。溜冰
人流的声音、人影，全都若隐若现。还有我们俩静静的、
轻微的滑动。这一切都使我回到以前的感觉。我好像正
处在一个梦中。而梦中的我，分明又是清醒的。我心想，
多么奇怪。我低头看看我身边这个小小的人影，没错，
她确实比我记忆中高多了。

"我觉得，"我说，"你比我上次见你时长高了很多。"
"我知道。"她说。

我不知道该说什么，只是恍惚地笑着。她又认真地说：
"我正在努力长大。"

我身边的她轻盈如一根羽毛。可是溜冰的时候，我

能真切感觉到她拉着我的手。她的黑色的裙裾在风中微微张开。在我的想象中，我们两个好像身处一幅古典油画里。"你父母好吗？"我问她，"演出很多吗？"

"好。"她回答说，"他们现在正在波士顿演出。"

我想，就这么让她一个人待在这里？但我相信，这比他们带着她四处奔波要好。

"我画了一张你的画。"我对她说，"而且卖出去了。这画给我带来了好运气。"

"我真高兴。"她说，"我真想能看一眼这幅画。"

"哪天我专门给你画一张。"我说。

她继续追问关于那幅画的事情。我对她说起马修先生，并说他约我画一张肖像画。说起古斯，说起我正在替穆尔先生的酒吧画的壁画。她也想看看壁画。但她最感兴趣的还是马修先生想要的那幅肖像画。

"你准备画谁呢？"她用很随便的口气问。

"还不知道呢，"我回答说，"我还没考虑过这个。"她沉默地溜着冰，过了一会儿，突然低声而急促地说："也许，你愿不愿意画我？"

　　那当然，我想，除了她还能是谁？我忽然明白，除了她，没有人能够让马修先生满意。只是，她好像还小了些。

　　"不知道啊，"我说，"也许行。"

　　她紧抓住我的手，向右拐了个大弯。"好啊，有人给我画像了。艾米莉可要气疯了。"

　　"谁是艾米莉？"我问。

　　"艾米莉是我最好的朋友。"她解释说，"弗朗姆科斯先生给她画像。我告诉她，你也准备给我画像。她说，她从来没有听说过你的名字。我打了她一个耳光，我们就吵翻了。"

　　"噢，"我说，"我以为经常跟你打架的是西茜莱呢。"她的目光突然转向别处，我觉得她的胳膊在发抖。"西茜莱死了。"她低声说，"她得了猩红热。现在我的好朋友是艾米莉了。我以为你都知道呢。"

　　"我怎么会知道呢？"我反问她。

　　她突然跟跄了一下。"我的鞋带散了。"她说，"我得停下来。"

　　我们滑到岸边。我跪下来给她系鞋带。我抬头看着她。黑色的头发环绕着她那张红红的孩子气的脸蛋，深棕色的眼睛正在做着温柔的梦，好像迷失在另一个时代，在一个遥不可及的彼岸。我想，有我跪在她面前为她系鞋带，她此刻一定正沉浸在灰姑娘或者白雪公主的角色中呢。

　　我们上岸的地方有一个卖热饮的小木棚，是每年溜冰季节里临时搭建的。我问珍妮要不要进去坐坐，喝杯热可可，休息一下。她深深地叹了口气，从她自己的梦中醒过来。她开心地拍着手。"太好了。"她大声喊，"我就是喜欢热可可。"

　　我们并肩坐在吧台上。滚烫的饮料在我们面前升腾起热热的雾气。我们谈天气，谈各种琐碎的小事情。她请我把卖给马修先生那张画的经过，再从头到尾说一遍。而我很想知道她在学校里过得怎么样。

　　"还好。"她没什么兴趣地说，"我正在学法语呢。"

　　"法语？"我问，同时吃了一惊。因为上次相见，她才开始做加法。

　　"是的。"她说，"我能用法语说出颜色，还能用法语从一数到十。Un, deux, trois, quatre……"她又说,"我还能用法语说出战争。C'est la guerre。"

她的话让我莫名其妙。"战争,"我问,"什么战争?"她摇摇头说:"我也不知道,就是战争啊。"

突然,她瞪大了眼睛,看着我,害怕地说:"他们不会伤害到我这样的孩子吧?"她问,"会不会呢?"

"不会。"我说,"不会的。"

她长长地舒了口气。"这就好。"她说,"我不喜欢别人伤害我。"

她又快快乐乐地低头喝热可可了。

我也跟着快乐起来。我在这里坐着。空气中混杂着各种气息:冰、湿羊毛、薄荷、潮湿的木头和皮革。我的身边坐着珍妮,她正在喝着热可可。这情景也许有点奇怪。可这一切加在一起,是那样的自然亲切。好像我们本来就应该坐在这里,本来就应该在一起。我们的目光相遇了,会心地笑起来,好像知道彼此心里的感受。

"这里真好。"她说。

可可终于喝完了。我们从吧椅上爬下来,大步走了出去。"接着溜,"我说,"我们还来得及再溜一圈。"她扶着我的胳膊,下台阶走到冰封的池塘上。"真不想停下来。"她说,"谁知道我们什么时候还能再在一起溜冰呢?"

我们手拉着手溜起来,在湖面上滑了一大圈。然后,我必须走了。因为我要回阿兰布拉餐馆继续画画。在两个池塘之间的桥跟前,就在我碰见她的地方,我跟她说了再见。但是,在我离开以前,我想把一件事情搞清楚。

"珍妮,"我说,"你告诉我,西茜莱是什么时候死的?"

她把目光移向远处,她的眼睛湿润了,小脸上布满了阴云。

"两年以前。"她说。

第 五 章

"她有一种神态，"我说，"好像不完全属于现在的时代。"

我把我画的记录珍妮溜冰的速写给马修先生看。几张小小的画：珍妮溜冰的姿势，或者是原地转圈，或者跃跃待飞。其实就是和去年在考柯拉画廊展出的布鲁曼收藏里的那些画一个风格。史宾尼小姐也在场，站在马修先生身后，探头看着。我跟她还是第一次见面。我喜欢她冷冰冰的声音、尖锐的目光和说话时的直截了当。她被我的画吸引了。在画和画家这方面，史宾尼小姐毫不含糊。她评价一个画家，只看他的作品。或者评价很高，或者就是干脆拒绝。

马修先生举起画仔细打量着。他伸直胳膊，头微微后仰，眯着眼睛。"我觉得这女孩子看上去比上一幅画长大了些。"他说，"可总的来说，让我更喜欢。或许，在上一幅画里，她还太小。"

"是的，"他说，"这些画不坏，不是吗，史宾尼？"

"这就是你的评价吗？"史宾尼小姐用指责的口气说，"这些画不坏？"

马修先生像鸟一样偏着头："特别让我喜欢的，是你的感觉。你竟然捕捉到了那种神态，你怎么说的？那种不属于现在这个时代的神态。一个女人应该有一些超越时代的气质。我们男人不一样，总是很现实。"

"我们情愿把现实让给你们男人。"史宾尼小姐说，"你们知道该怎么办。"

马修先生习惯了史宾尼小姐的说话方式，他按着自己的思路说下去，"我不知道现在的女人是怎么了。"他叹了口气，"在我看来，她们缺少女人应该具备的气质，一种超越时代的气质，一种属于所有时代的那种永恒的气质。你可以在一切名画中，从达芬奇到萨金特的画里都能见到。你注意过没有，那些死去了很久的女人们，远远比那些男人们更实在、更生动？男人们死了，就完了。他们真的从这个世界上消失了。只有赫尔拜的一些画，那些男人们，你或许还可能在这个世界上再次遇到。可是那些女人，天哪，你到现在还能在大街上见到她们。蒙娜丽莎，或者是 X 夫人，到处都是。"

他谴责地看看我。"现代人像，"他说，好像全是我的过错一样，"就好比是土豆，完全根深蒂固地陷进了现实的泥土里。"

"你见过塔斯克画的那幅波特太太肖像？"史宾尼小姐问。

马修先生捂着嘴又咳嗽起来。"据我所知，他这幅画拿了 3000 美金。"他说。

"1500 美金。"史宾尼小姐说，"另外还邀请他去佛罗里达跑了一趟。"

"这样的价格，让我们还怎么活下去。"马修先生说。我笑起来，嗓子有点干涩。一半是羡慕，一半是嘲弄。史宾尼小姐走到我身边，用手按着我的胳膊，"亚当斯先生，"她说，"别这么激动。总有一天，你也会到这一步的。"

那时候，我觉得1500美金一幅肖像画简直是荒唐得不可思议。我猜想，那个塔斯克先生，不是一个天才，就是一个骗子。这样的观点，只有随着年龄的增长，才会有所改变。现在回想起来，我真的很无知，也很无理。

"好吧，"我说，"既然这样，我这些速写值多少钱呢？"

"史宾尼，"马修先生咕哝着，"你的话太多了。"几乎同时，史宾尼小姐说："这些不值钱。"

这样的打击真是很残酷。这也是我自找的。我开始收拾那些速写，把它们叠到一起收起来。

"亲爱的年轻人，"马修先生一脸同情地说，"你看这个……"

我咽不下这一口气。"再见。"我转向史宾尼小姐，"很高兴认识你。"

她冷若冰霜地盯着我看了一会儿。我以为她准备把我送到门口，但是，突然间，出乎我的意料，她的脸变得和蔼可亲，还微微有点发红。她大笑起来，"亚当斯，我喜欢你。"她说，在我背上用力捶了一下，"你自尊心很强，不是吗？把你的画再拿出来，让我们看看。"

她仔细地审视着这些画，比马修先生更仔细。她好像对珍妮本人不感兴趣，她的注意力集中在我画的线条上。马修先生有点担心地看着她。他希望她能喜欢这些画。这就能证明他没有看走眼。他的手指头不停地敲击着桌面，不时咳嗽一声。

"我猜想，可能因为服装的关系，"他说，"她看起来长大了些。"

我不同意他的看法。但是，我不知道怎样准确表达出我心里的感觉。我很紧张地站在那里，心跳得很快。我不知道史宾尼小姐会怎么说。

最后，史宾尼小姐把速写放回桌上，看着我的眼睛，"好吧，亚当斯。"她说，"我们全收下，一共25美金。"

我想，如果不是我还在生她的气，生气她刚才说我的画一钱不值，我会毫不犹豫接受她这个开价。可我偏偏就要顶撞她。那时候我很年轻，不懂这些艺术商人的游戏规则。"这个价太低。"我说，做出拔腿要走的样子。我假装做出我不一定依靠她，我还可以把画卖给别人的样子。其实，我装不像。

"亚当斯，你听着。"她说，"你是个很好的年轻人，但是你不懂艺术买卖。我知道，你画得很不错，但我们不是收藏家。我们买画不是为了艺术享受，不是为了买下来以后，就挂在那里欣赏。我们买下这些速写，还必须把它们卖出去。我们给你30美金，你认为怎么样？"

"对啊，"马修先生急忙说，"你说呢，小伙子？"

我深深吸了口气，说："50美金。"

史宾尼小姐慢慢地走到一边去。我以为她生气了。我知道我是个大傻瓜，嘴上强硬，心里很不好受。我看看马修先生。可是，他正看着史宾尼小姐，手指不停地敲击着桌子。我正想说："好吧，拿去吧！"可是，她抢在了我的前面，"见鬼，"她说，"就给他50美金吧。"马修先生轻松得要跳起来了。"好样的，史宾尼，"他喊，"好样的，这回我们的眼光一致了，我真高兴。"

她耸了耸肩膀。"我只是颗土豆，亨利。"她说，"我没有一丁点儿永恒的气质。你得亲自去卖掉这些画。"

"好的。"马修先生拿起画看了看，把它们放下，然后再一次拿起来。"好的。"他说，"我来卖，不用担心。我一定能给它们找到一个主顾。也许，要等一段时间……"

他们给了我50美金。这点钱在现在根本不算什么。可那时候不同。穆尔的阿兰布拉餐馆管我吃饭。所以这钱对于我来说，就是一笔财产了，差不多就像塔斯克的1500美金。我想，因为这笔钱属于我，所以感觉上特别多。它就放在我面前，归我支配。

临走时，马修先生又跟我说起，让我为他画一幅肖像。这次他说了很多具体的要求，并且指定要画珍妮。"这女孩子身上有一些东西，"他解释说，"总让我记起什么。我还没有想明白到底是什么。但我可以告诉你这种感觉，她让我又回到我的青年时代。"

他抱歉地看着我。"我不知道怎么向你表达清楚我这种感受。"他说，"我担心，你不理解我想说的意思。"我觉得我好像明白了。我问："你的意思是说，她看上去很古典？"

"不是。"他说，"我不是这个意思。不完全是这个意思。"

史宾尼小姐把我送到门口。"再见，"她说，"希望你再来。还有，如果你有花卉静物的话，画的比例是2英尺，或者2.5英尺宽、4英尺高……"她朝马修先生瞥了一眼，见他正在她身后，背对着她，她放低声音说："我喜欢花卉。"她的声音很柔和。

我走到第五大街。我想在这条大街漫步。我第一次觉得，这个世界是我的世界，这个城市是我的城市。它们属于我，属于我的青春、我的希望。我尝到了喜悦的滋味。我心里充满着的欢乐就像风帆一样，载着我向前。风中迎面而来的高楼，商店辉煌盛大的橱窗，五彩缤纷绵延不断。还有那些明媚而生动的女人的脸庞。一切充满了阳光和微风。

我记起了珍妮的歌。我又想起，我还不知道她住在哪里，甚至都不知道哪里能找到她。一想到这里，周围的一切突然黯然失色了。

第 六 章

"你想让我帮你找一个名叫珍妮的女孩子。"古斯说，"你不知道她住在哪里，也没有更多的信息。我得说，你这个题目出得真不坏。"

"她的父母是演杂技的，"我告诉他，"走钢丝的。"

"这就容易些了。"他说，"他们在哪个杂技团？"

这个我就不知道了。我告诉他，他们的姓是阿普顿。

"阿普顿，"他嘟囔着，"阿普顿。"他想了想，"听说过这个名字。"他解释说，"在以前的汉马士坦游艺场。"

"这就对啦。"我急切地说，"以前他们就在那里。"

古斯莫名其妙地看看我。"马克，"他说，"这没什么用。他们早就该进养老院了。这一定是另一个。你确定你见过这个女孩子吗？"

"当然见过，"我说，"我还给她画了几张速写呢。"他疑惑地摇摇头。"这不能说明什么。"他说，"我觉得，她也许是你编造出来的。"

"不是。"我说，"她不是我编造出来的。"

早晨的空气阴沉而寒冷。我们站在街角，他的车子就停在我们身后。我能从寒风中闻出雪的气息，要下雪了。我冷得微微发颤。可是，古斯穿着两件陈旧的羊毛外套，一件套在另一件的上面。看上去一点也不冷。他好像既不怕冷，也不怕热。他让我记起图鲁尔的渔民，黝黑壮实，风吹雨淋都不怕。但古斯没有一丁点海洋的气息。他熟悉城市街道上的涨潮和落潮。他的脸也是一张城市的脸，苍白、易喜、易怒、警觉、机灵和自信。渔民的沉默和忍耐，在他身上一点痕迹都没有。

"如果你一定要找她，我可以帮你留意。"他说，"我还可以去向熟人们打听打听。不过，你听我说，马克，"他压低声音，有点焦虑地说，"别让警察找你的麻烦，这是个未成年的女孩子。"接着他补充一句，"我也不想给自己找麻烦。"

"我只是想找她画个像而已。"我说。我确实认为是这样，我都愿意为此发誓。

回到画室以后，我试着画画。我在一幅相当大的画布上，凭着记忆和几张速写，画着湖面上溜冰的人。但我画得很不顺利。我有点心不在焉，想东想西。我一会儿想，我要不要着手为史宾尼小姐画花卉。一会儿想，古斯能不能打听到阿普顿家的消息。一会儿想，阿兰布拉餐馆酒吧上的那幅壁画，还有很多细节没有画。我有点焦虑不安。我下笔没有把握，光线又不好。好不容易挨到午餐时间，我立刻放下画笔出门了。

我走进餐馆的时候，古斯不在那儿。我一个人吃完午餐，然后，我在酒吧后面架起梯子，动手画画。大约一个小时以后，古斯进来了。他在离我很近的桌子坐了下来。我在梯子上用期待的目光看他。他摇摇头。

"运气不好，马克。"他说，"很抱歉。"

"难道你一点线索都没打听到？"我问。

他又一次用那种古怪的神情看着我。"跟我想的一样，

以前确实有过走钢丝的阿普顿。"他说，"那是在 1914
年的时候。后来，他们出事了，有一天表演的时候，钢
索断了。那大约是 1922 年。"

我们目瞪口呆地互相看着。侍者把啤酒端过来。古
斯喝了一大口，仰靠在椅子上，认真打量着我的画。"看
上去很不错。"他说。

我以公园里的湖为背景，已经画完一幅湖滨野餐。
水边的树荫下，散坐着一些聊天的女人，她们都是裸体，
但看上去很纯洁无邪。我想，古斯会觉得，最好也画几
个男人上去。在这方面，他很现实，不走极端。他希望
一幅画能使他记起他经历的一些事，展现一个比现实美
好的、快乐的世界。

"不错，先生。"他感慨说，"看到这些景色，我
会觉得我在浪费自己的生命。"

突然，他在椅子上坐直了，指着树荫下面的一个年
轻女人，她正侧身伏在水边，脸部的一半在树木的阴影
下若隐若现。"那女人怎么了？"他问，"在我看来，
有点凶险的样子。"

"为什么？"我随口问了一句，连头都没抬，"她怎么了？"

"她看上去像被淹死了。"古斯说。

我重新打量我的画。"你这是什么意思？"我说。话刚出口，我已经明白了他的意思。这个女人正躺在树的阴影之下，她的脸被绿叶映衬得模模糊糊。这让人产生一种感觉，就好像她的头发是湿漉漉的，整个身体被水淹没了。我看着她，心里涌上一种无法解释的恐惧。我一边谴责自己的画技，一边伸手去拿红褐色颜料。

即使把她重新画在阳光下以后，我还是感到一种说不出的沮丧。因为我暗暗地把这个半隐半露的女人当成珍妮，就像她长大以后的样子。没想到我的画笔和我的内心竟然有这么大的差距。

可是，穆尔先生对这幅画非常满意。"很好。"他走过来，仰视着坐在梯子上的我，"这就是我想要的画。真的，先生，就是我想象中的画。它很耐看，也没有什么不合适的地方。在那扇通往厨房的门上面，还有一块空地方。我想，我们是不是也在上面画一幅？"

"怎么回事啊，"古斯说，"你想开一个博物馆吗？"

"我就想把这儿搞得好看些。"穆尔先生说，"壁画能给餐馆制造一种友好的气氛。"

"好吧，"古斯说，"你跟他说一下，让他在画里画上我，还有我的车。这样对你我都好。不过，你得好好画，马克。别把我画得像从水里捞出来似的。"

回家的路上，开始下雪了。凛冽的东北风带来星星点点的雪花，在深灰色的天空中旋转飘舞，缓慢落地。整个城市一片灰白，和沉重的天幕一起，笼罩在我的头上。我一步步走着，脑海里浮现出鳕鱼角。风雪此刻一定长吟着席卷过沙丘，从海上挟带着湿漉漉的雪花，把它们堆积在低谷中的一座座小屋上。我看见那海浪雪白的泡沫，碰撞着高高的岩石。波涛的轰鸣，在深深的溪谷中回荡，犹如蒸汽火车一样轰然掠过。风和雪，从黑沉沉的、荒蛮的大海上，从拉布拉多海岸，从格陵兰冬日昏暗的海面上一路席卷向南。

我想，在我们和等待着我们的寒冷之间，在我们和死亡的神秘之间，我们有多大的力量可以把握这一切呢？

一片海滩，一个山丘，几座巨石和原木搭成的墙壁，一堆小小的火苗，还有那明天会升起的，给我们带来温暖的太阳，还有我们对明天雪后丽日蓝天的渴望……假如明天被风雪沉没了呢？假如时间突然停滞不前了呢？假如我们在风雪中迷路失足，会不会重新回到昨天？那在我们面前升起的，就是昨天的太阳。

我进屋前，抖干净了肩膀上的雪。当我站在那跟我内心一样寒冷阴沉的过道时，杰克斯太太从客厅里出来。她用猜疑、嫉妒和奇特的兴奋的目光看着我。她显然在等我。

"啊，"她说，"你回来了。"

说完，两只手端正地搁在腹部。

我朝她看了一眼，没有说话。我的房租已经交了，没有什么原因需要怕她。我知道她讨厌我，巴不得我碰上倒霉的事情。可她接下来说出来的话，我一点也没有料到。

"你来客人了。"她说，"一位年轻的女士。"

当我张口结舌看着她时，她又恶狠狠地说："我不得不说，这是件好事呢。"她鄙夷地用鼻子哼了一下，走回客厅去。"那位年轻女士正在楼上等着你呢。"说完，她用力把门关上，好像在说：我才不管这闲事呢。

我慢慢地上楼去，既疑惑，又不安，我的心怦怦地跳着。我没有女朋友。不可能会有谁来。更不可能有人在等我。

可是，我错了。在推开房门以前，我的内心已经告诉了我。

是珍妮。她正坐在画架前的那张破椅子上。她端正地坐着。两只手缩在膝盖上的小手筒里，脚尖刚刚够到地板。一顶小小的皮帽戴在头上，像一块小小的蛋糕。我缓缓地走进去，靠着门框停了一下，我看着她，快乐得飘飘忽忽。

"我想，也许你看见我会很高兴的，艾本。"她说。

第 七 章

在我收拾画笔，四处寻找着吃喝的东西时，她静静地坐在大椅子上，她的目光缓缓移动着，打量着四周的一切。破旧的家具，积满灰尘的墙壁，堆放在地板上的画稿，柜子上杂乱的衣物、速写、素描、颜料、破盒子里装满的画笔，还有摇摇晃晃的床，床上是破旧的被子。我从来没有留意过的一切，现在随着珍妮的目光，第一次看到了。珍妮睁大眼睛，深深地吸了一口气。

"我还从来没进过画室呢。"她说，"这里真漂亮。"

水壶里还有早上剩下来的一点水。我把煤气炉点上，在柜子里翻找一盒饼干。"这里真的是一塌糊涂，珍妮。"我说，"脏得很。"

"是的。"她附和我说，"真的……我本来不打算说出来的。这可是你自己说的。"

她站起来，摘下帽子，把它和大衣手筒一起，放到椅子上。"你这里一定不会有围裙吧？"她问，"也没有掸灰的东西？"

我惊讶地看着她，"难道你想要打扫这里？"我叫起来。

"对啊。"她说，"等水烧开了以后。"

我好不容易找出一条毛巾，一块干净的手帕。她用手帕包住头发，在下巴那里打了个结，就像鳕鱼角的渔民那样。接着，她两条细细的腿分开站着，像决战前夕的大将一样，四处打量着。"天哪，"她喊，"我不知道该从哪里下手。"

这时候，我找到了饼干和几块糖。我下楼去洗漱间洗杯子。在楼梯上我顺便看了一眼，果然不出所料，杰克斯太太悄悄地站在楼梯下，正在偷听着。我不明白她想偷听什么，故意吹了一声口哨，让她知道我来了。她抬头一看，惊了一下，立刻溜回她的客厅里。

当我回到房间时，珍妮正坐在地板上，沾满灰尘的毛巾扔在一边，我的那些都市素描全都铺在她的身边。我进去的时候，她抬头对我笑了笑。她的下巴上粘着一抹黑灰，胳膊上也是。"我正在看这些画呢。"她问，"你不介意吧？"

我说没关系，当然可以。

"它们真美。"她说，"我想，你一定是个很了不起的画家。不过，有些画……"她把一幅小画举到光线好的地方，"我不知道这是哪里？我从来没有到过这些地方。"

她坐在地板上，我从她身后瞥了一眼。她说的那幅画是我用蛋彩画的无线电城的摩天大楼。"是的，"我说，"这是新建的，我想，盖起来还没多久呢。"

"我猜也是这样。"她说。

她把这幅画看了好久，又把它转向窗口的方向，迎着傍晚最后的一点光线仔细看着。"奇怪。"她说，"有些东西，你从来没有见过它。可你一见就觉得很熟悉。就好像你必须看它一眼，这样就能重新记起它。听起来很奇怪，不是吗？"

"我不知道。"我说，"我也给弄糊涂了。"

"我觉得，就是这样的。"她说，"你不可能记得你没见过的东西。"

她坐在那里，画搁在她的腿上，睁大眼睛陷入了沉思。房间里已经差不多黑了。窗外的雪下得更大了，把窗户映成一片灰白。一切都笼罩在淡淡的阴影中。她好像穿过这些阴影，注视着另外一个世界，一个遥远而陌生的世界。她胸脯起伏，嘴唇微张，长长地叹了一口气。一阵突如其来的狂风把雪花吹到窗玻璃上，簌簌作响。停泊在不远处河边的一条船传来单调寂寞的鸣笛声。她不自在地抖动了一下，用她的手寻找到我的手。"不，"她低低说，"你不可能这样。"

我开了灯，简陋肮脏的房间突然显得格外刺眼。四面积满灰尘的墙壁被灯光照得一览无余。珍妮惊叫一声，站起来说："多傻，我光看画，都忘了掸灰尘了。"

"没关系的。"我告诉她，"水开了，我们喝茶吧。"

她又高兴起来。她又坐上椅子，脚尖勉强够到地上。

她提起生锈的铁壶给我倒水，把饼干递给我，同时快乐地说着各种大小事情。我把史宾尼小姐的事详细告诉她。那个冰冷心肠的女人是多么喜欢花卉，我们怎么为了那几张速写讨价还价，最后我大举获胜。她开心地拍着手。"嗨，艾本，"她嚷嚷着，"你真厉害！"她还想知道古斯和他的汽车。她认为，既然古斯有私人汽车，他一定很有钱。"你想，他会让我坐一次他的汽车吗？"她问，"我还从来没有坐过出租车呢。可是，我跟着妈妈，在公园里坐过一次马车。赶车的坐在车顶上，他戴着一顶大礼帽。"

她告诉我，她的好朋友艾米莉准备去上寄宿学校了。"我想，也许我也会跟她去。"她说，"那其实是个修道院，叫圣玛丽学校，但不是天主教。学校在一座小山坡上，能看见河。艾米莉说，她们每年复活节都出去旅行。我不太想去，可是妈妈说我非去不可。反正艾米莉肯定会去的。艾本，我会想念你的。"

"我也会想念你的，珍妮。"我说，"在你去修道院学校以前，你能再来几次，为我当模特儿吗？"

"我一直等着你这么说呢。"她回答,"好的,我愿意。"

"你明天能来吗?"

她避开我的目光,一脸不知所措的神情:"我不知道能不能。"

"后天呢?"

她摇摇头:"只要我能来,我就来。"这就是我能得到的回答。

我跟她说起塔斯克给波特太太画像的事,还有别人为这幅画付出的高价。她的脸色快乐起来,微微地笑了。她问:"如果你有这么多钱,你会很高兴吗?你可不能忘了我。"

"忘了你?"我不可思议地叫起来。

"是啊,"她说,"等你有钱又有名的时候。但是,我不信你会这样。"她平静地说,"也许,我也变得又有钱又有名。到时候我们就可以在一起了。"

我说:"我觉得,我不太在乎我有没有钱。珍妮,我只是想画画,而且想明白,我画的究竟是什么。这是个很困难的命题，我到底在画什么，我能不能表现出我们生活的这个苦难年代的真谛。"

"现在是苦难的年代吗，艾本？"她吃惊地问。

我凝视着她，心想，当然，她怎么会理解什么是苦难，她怎么会理解一个艺术家的追求？艺术家永远陷入在一个解不开的谜团里。他要找出答案，为他自己，也为同时代的人。一个善与恶、兴与衰的谜。我们总是很晚才理解到，什么是兴盛，什么是衰亡……

她注视着我的脸，然后把饼干盒递给我。"来，"她说，"吃一块，你就感觉好多了。"我不禁大笑起来，笑我自己，也笑我们。她也跟着笑了。

可是，她又认真起来。"你不再那么忧伤了吧，艾本？"她问，"我是说，我第一次见到你时，你很忧伤的样子。"

"不。"我说，"我现在好了。那天晚上遇见你时，我很迷茫。我就像迷失在哪里了……"

她缩进椅子，伸出双手挡着，像怕我要打她一样。"不，"她叫起来，"噢，不，你再别这么说了。你没有迷失。你就在这里。如果你在这里，你就没有迷失。这不可能，也绝不允许，我真受不了。"

她转向我，用一种很怜惜的神情说："我们两个不能都迷失了。"

这只是持续了一会儿，我们又恢复了常态。我们正在我的房间里，暗黄色的灯光照着四壁。窗外是灰白的雪。我的画摊放在地板上。我们身处我熟悉的世界，我每天接触到的真实的世界。"不，"我说，"我没有迷失。我为什么要迷失呢？我们在说傻话。"

她出神地看着我，微笑着说："对啦。真傻，我们再别说这些了。"

"是啊，"我说，"跟你这样一个小女孩……"

"是啊，"她认真地重复着，"我这样一个小女孩。"

她站起来，把茶壶和她的杯子给我。"去，"她说，"你去把它们洗一洗，免得一会儿忘了。"

"好吧，"我说，"你等着我。我马上就回来。"

我下楼去。楼梯上很暗。杰克斯太太客厅的门紧闭着。我能听到雪花飘落在天窗玻璃上的声音。我把杯子洗完后回到房间。"珍妮。"我喊。

可是，珍妮走了。房间里空空的。我没听到她走路的声音，也没听到她关门的声音。可是，她不见了。

后来我才意识到，我连她住在哪里都没问。

第 八 章

　　风雪过后，城市因为洁白的雪，有了短暂的生气。
紧接着，雪就消失了。它们先被堆成坚实雪白的小山，
然后装上卡车，被倒进河里。有一整天的时间，空气中
充满了冬天的声响。那是孩子们从小就熟悉的声音——
铲子在冰上来回铲动的声音、敲击冰块的声音、马达沉
闷的轰鸣，还有车轮上的防滑链在雪地上滚动的声音。
我画了一张河上速写，灰白色的河水湍急地流过。一幅
小小的油画，公园风景，有孩子在滑雪。可大部分时间，
我什么都没做，只是在城里闲逛，放任自己的思想。我
一直惦记着替珍妮画像。我不知道我什么时候才能再遇
见她。在我的脑中，她已经不再是个孩子了。我觉得她

好像没有一个固定的年龄。更准确地说,她处于两者之间,你说不清这个女孩子是一位年轻女子,还是这位年轻女子依然是个女孩子。至于环绕着她的种种神秘,我努力克制自己不去多想。对我来说,不管她属于哪里,有什么前因后果,她能和我在一起,这就够了。

现在想起来,即使那时候我领悟其中的神秘,我也无能为力。这不是我的能力可以控制的。我没有能力控制这一切。这就像我不能使春天提早到来,我也不能阻止冬天的消失。

在夏末秋初,有时候会有这么几天,比所有的日子都可爱。这些天里,天空是澄澈的,它让人如痴如醉,像迷失在温柔的梦乡里,像沉浸在超越时空的欢悦中。没有一丝的风。天、地和海洋,都呈现出自己最浓郁的色彩。一眼望去,清澈、明朗,一切都静止不动。就像一切都不会结束,一切都不会改变。可是,到傍晚时分,迷雾袅袅地升腾起来,从海上飘来灰色的云层。

图鲁尔人把这叫作孕风天,是天气巨变的前兆。我那时也感受了某种前兆。我觉得整个世界沐浴在纯净安谧的阳光里。死亡被遏制着，邪恶在遥远的地方。人类的呼救，人类的疯狂和苦难都归于宁静。在这异乎寻常的安宁中，我听到了远方的声音。在死亡的地平线上，在苦难之上，还飘浮着一种超然纯洁的，没有受到邪恶伤害的东西。

从前，在不太遥远的从前，人们以为地是平坦的，以为天和地的交界处，就是世界的尽头。可是，当他们扬起风帆向那惊涛骇浪驶去时，他们发现永远也到达不了尽头。最后，他们又回到了原来出发的地方。于是，他们终于明白，地是圆的。

其实，他们或许还能明白更多。

在这快乐、短暂的几天里，因为我的朋友雅恩从普罗维斯顿来看望我，更增添了我的快乐。他是在清晨到达的，穿着羊皮外套，大个子、红脸膛，蓄着一把胡子，就像一个八十年代的艺术家。不过，除了胡子，其他的地方一点也没有八十年代的气息。他从鳕鱼角带来一大捆画稿，把它竖在我的画架上。他那些狂野粗犷的画，从墙上、地板上，伸出通红的火舌，就像地狱的炼火。

相比之下，我的画显得娇嫩苍白，矜持拘谨。

他对我很不满意。"你这是在干什么，艾本？"他叫喊着，"肖像？花卉？你怎么会想出画这些？"他又说，"我并不是说你一定会成为一个著名的画家。但是，你至少还是有一点希望的。"

他的声音如同一个在惊涛骇浪中发出指令的老船长。可怜的雅恩，不管他对我怎么吼叫，我从不跟他计较。我也早已放弃努力，去理解和看懂他那些画作。但我喜欢他。我们以前是同学。我每次见到他都很高兴。他的灵魂是一阵疾风暴雨。他的灵感向着四面八方喷发着。他酷爱色彩。他像古代北欧的海盗，在七彩的长虹中拼搏厮杀。他简直一无所有。我不知道他一年能不能卖掉一幅画，但他非常快乐，因为他从不怀疑自己的才气。他的需求很小，烦恼很多，但从不消沉。

他最喜欢说："艺术应该属于大众。"可是，当我说大众绝不可能理解他的画时，他惊奇地看着我，"理解？"他大吼起来，"理解？谁需要他们去理解？艺术只对创造者本人有意义。况且，"他又说，"大众并不像你想象得那么笨，你看他们对荷马是怎么评价的。"

"他们可不喜欢他的水彩画。"我回答说，"看在老天的份上，请你告诉我，你跟荷马又有什么共同点？"

这话他没法回答。"啊？"他咕噜着，一半的声音被胡子吞没了。"我只是想解释给你听。可是，你有一天会明白，"他喊着，"其实是同一个道理。"

他也带来了往事。我记起了在新英格兰和风丽日中度过的无忧无虑的日子。那年冬天在巴黎圣·约克奇·杜佛科斯画室的情景。阴冷的大屋子，木炭取暖炉和冻得瑟瑟发抖的学生们。在米歇尔大街小酒馆消磨的很多夜晚。还有在纽约艺术学院，由霍桑和奥林斯基指导下的课程。白天画画，晚上争论。那时候，我们总以为能够找到一个解释一切的永恒真理，很少想过艺术和艺术家到底是什么。

我带雅恩去现代画廊，看莫迪利亚尼司。去法拉基尔画廊，看那张唯一的布洛克赫斯特，那是我的最爱。可是，他对这俩人都看不起。除了他自己的作品以外，他对别人的作品一概不感兴趣。

他欣赏纽约这座城市。来自单调多风的鳕鱼角的他，启发我用新鲜的目光去看高耸的花岗岩立面，阳光勾画出的摩天大厦的轮廓，还有我周围喧嚣的阴影。我内心的那些疑惑和焦虑开始澄清，被美好的天气，被未来的希望，被一些我难以言说的东西所替代。我敞开着整个身心自信地迎接未来。

不用说，杰克斯太太一开始就不喜欢雅恩。第一个晚上，她就铁青着脸赶到楼上来，请我们安静。其实她没有请求，是命令。她站在门口，胳膊交叉搁在腹部，恶狠狠地瞪着我们："我不知道你们把我这里当成什么地方了。你们不想睡觉，可别人要睡觉。如果你们不马上安静下来，我打电话叫警察。"

我不能责备她的苛刻。我们年轻，又快乐，我们肯定吵闹得很厉害。我担心雅恩会拿东西去砸她。可他瞪了她一会儿，嘀咕了一声："是，尊敬的太太。"就走到角落里去了。

当她踏着军人一样的步伐下楼以后，我看雅恩气得脸都发白了，不由得大笑起来。他拦住我说："不，艾本，没什么好笑的。这真是个可怕的女人。她走进来的时候就像一根黑色的冰柱，把我的画全都冻结了。从现在起，我一定小声说话。"

我还是笑他，可是，他的话刻进了我的心里。

大约一个星期，我带着雅恩在纽约到处乱逛。天气那么好，又有朋友在身边，我的心情非常愉快。我带他去阿兰布拉餐馆吃饭。不用说，他在餐馆里见到我的画，立刻暴跳如雷，就像杜佛科斯当年在巴黎对待我们的那样。他认为我画了一幅愚蠢而俗不可耐的壁画。可是，当一盘牛肉酸菜放到他面前时，他突然开始琢磨他能不能也画一幅。也许，就画在厨房门的上面，换一个星期的美餐。穆尔先生认真考虑了一会儿。可等他看了雅恩的一幅作品以后，很抱歉地摇摇头。"我不是说雅恩先生不是一个好画家。"他说，"不过，我要照顾到我的顾客的品位。我希望他们每个人都觉得这里很舒服。"

"没关系。"雅恩说，"别在意。"

"好吧，"穆尔先生说，"不管怎么说，还是要谢谢你的好意。"

古斯很认真地安慰雅恩。"你别在意，马克。"他说，"有些人，除了吃喝以外，什么也不看。我跟别人不同，我有时间，还是愿意欣赏好东西的。可是大部分人不是这样。对他们来说，最重要的是，赶快把汤端来。"

"别放在心上。"雅恩很有尊严地摆了摆手，认真地声明，"艺术家不应该为生存而画画！艾本，我们还想来杯啤酒。哪天我有钱了，一定还你。"

"嗬，"古斯说，"真是个爽快的家伙。"

雅恩用红红的、骨节突出的大手抓着酒杯，冲着我们豪爽地笑着："为艺术干杯。"

"为友情干杯。"我补充一句。

"马克的朋友就是我的朋友。"古斯说。

我们低头喝啤酒，鼻子触到了浅黄色的泡沫。"总之，"雅恩温和而满足地说，"艺术只是对创造艺术的人有意义。"

第 九 章

雅恩回普罗维斯顿去了。他先得坐船，然后再坐长途汽车。他留下一幅画作为礼物，也作为抵销一个星期的开销。据他自己说，这幅画是日落，这是些地球上从来没有见过的色彩，至少恐龙时期以后就没有出现过。他刚离开，我就毫不迟疑地把它塞到床底下去了。

他走后的两个星期，我都忙着在家、在阿兰布拉餐馆画画。除此之外，我还为史宾尼小姐画了一幅花卉。我特意去了画廊，把这幅画给她。我担心马修先生会对此不满。果然，他扫了一眼，哼了一声。"请你告诉我，"他埋怨地说，"你怎么想到画这个？花卉静物，而且还是些唐菖蒲。这有什么用，年轻人？"

我告诉他，是史宾尼小姐让我画的。花店里没有别的花，只有这个。"现在是冬天，"我提醒他，"没有夏季的花。"

"史宾尼，"马修先生喊，"你真要我的命了。"他愤愤地叹了口气。

"没事。"史宾尼安静地说，"我喜欢。你给亚当斯 30 美金。这个周末以前我一定卖掉它。"

可这次马修先生不肯让步。他再次看看花卉，"25。"他说，就像一只准备绝地反击的老鼠，"一个子儿都不加。"

史宾尼小姐小心地看着他的脸色。她知道什么时候该坚持，什么时候该放弃。"好吧，"她说，"就 25 吧。亚当斯，你同意吗？"

其实，再少一点，或者白送，我都愿意给她。"少是少了点。"我说，"就这样吧！"

"你就是嘴硬，是不是？"她说，带着冷冰冰的微笑。"我也是这样。所以我喜欢你。反正，"她恶狠狠地说，"到现在为止，我们在你身上只是赔钱。所以，你还是谦让些。"

马修先生沮丧地摸了摸下巴。"不过，"他勉强地说，"也不完全如此。我想说，亚当斯先生，我们只卖掉一幅你的速写。其余的当然还在我们这里。"

"别在意。"史宾尼小姐说，"亚当斯明白我的意思。"在我离开时，她把我拽到一边，塞了一张5美金给我。"我说30，就是30。"她解释说。我想把钱还给她，她把我推出门去。"走你的。"她说，"别惹我生气。"

第二天，我准备了一幅5英尺高的画布，把它铺平，钉到画框上。用水把表面打湿，涂上灰白色打底，然后竖起来等着它阴干。当年在鳕鱼角，画家吉莱·方斯沃斯这样教过我。

接下来，就只有等着了。

周末，珍妮来了。我听见她在楼梯上轻巧的脚步声，赶紧奔过去开门。她脸色惨白，穿的似乎是丧服。她凄凄惨惨地在门口看着我。

"是父亲和母亲，"她说，"他们出事了。"她试着想笑一笑，可是眼睛里饱含着眼泪。她使劲眨着眼睛，不让眼泪掉下来。"他们死了。"她好像对自己的话很吃惊。

"我知道。"我不假思索地回答，然后咬了咬自己的嘴唇。我拉起她的手，把她带进房间里。我想，我得向她解释一下，我是怎么知道这个消息的。"我在报纸上看到的。"我解释说。

"哦，"她轻轻地应了声，"是这样。"她似乎在想着别的事情。

我让她坐下来，给她摘下帽子，脱下大衣，把它们放到我床上。"珍妮，我很难受。"

她深深地叹着气。"他们那么爱我，"她用微微颤抖着的声音说，"我很少能见到他们。可是，没想到他们出这样的事故……"

"我知道。"我说。

"哦，艾本。"她用手蒙着脸哭起来。

我想安慰她。可是，觉得让她尽情哭一下也好。我转过身走到窗前，望着深蓝色的天空。"你看，"我等了一会儿说，"出了这样的事情，珍妮，你今天不想画像了吧？"

我没有看她，可是能听到她坐起来，擦着鼻子。"我想来。"她哽咽地说，"我想见你，我想到你身边来。"她抽泣了几声，叹着气说："我想我还是可以画的。"她补充说，"只不过，我的样子一定不好看了。"

我觉得，她从来没有像现在这么美丽过。那些眼泪没有在她年轻的脸庞上留下任何痕迹。她那被泪水湿润过的眼睛，黑亮而充满了梦幻。我让她坐在一张椅子上，把一块陈旧的黄色丝绸放在她身后，那是我很多年以前在巴黎买的。我用了很长的时间，调整光线，把画架角度放好。这期间，她只是安静地坐在那里，出神地看着一个看不见的地方。等我把一切都准备好以后，我把空白的画框放到画架上，开始画起来。

那天开始的画像，不需要我进行任何描写。因为你们中的大部分人已经在纽约大都会博物馆里见过了。一个少女，坐在金黄色背景前面。博物馆把她称为"黑衣少女"。而对于我来说，她永远是珍妮。

我无声地画着，就好像在梦中，充满了一种难以言说的兴奋。我沉浸在自己的画中，甚至忘了时间的流逝。我画了至少两个多小时，突然看见坐在椅子上的珍妮身子前倾，就像要滑下来的样子。我扔下画笔冲到她面前，我的心紧张得似乎要跳出嗓子眼。可是，等我双手把她托起时，她睁开眼睛，羞涩地微笑着。"我累了，艾本。"她说了一句。

她在我的手中轻飘飘的像羽毛一样。我把她放在床上，用她的大衣把她盖上。在炉子上烧了水，泡了茶，让她喝下去。她的两颊开始微微转红。"我好些了。"她说，"我现在好些了。如果需要的话，我还可以再坐过去。"

我当然不想继续了。"不，"我说，"你应该休息一下。你刚才做得真好。我们合作得很不错。这是一个很好的开头，我们有足够的时间。"

她轻轻地叹息一声，耳语一样地说："不。我们没有那么多的时间。可是，如果你让我休息，我就休息。"她微微颤抖，重新躺到大衣下面，合上了眼睛。午夜一般黝黑的头发散落在我的枕头上。她的手被我握在手中，像泥土一样寒冷。我低头凝视着她。她那弯弯的、细长的眉毛，长长的睫毛温柔可爱地下垂着。我的心里涌上一种恐惧，同时还有一种喜悦。你是谁，我想，你怎么会找到我这里？一个孩子，一个陌生人，迷失而孤独，你是不是来自很久以前的一个故事里？

我的手一定在颤抖，她睁开了眼睛，认真地看着我。"我现在只有你了，艾本。"她说。

我显出了吃惊和疑惑的表情。她放下我的手坐起来，裹紧大衣，细细的胳膊抱着膝盖。"还有我姑姑。"她安慰我说，"不过我跟她不太熟，从现在起，得由她来照应我了。"

"噢，"我有点难堪，"那么，这就行了，不是吗？"

她恳切地看着我，她想从我这里获得一点勇气。"你真的希望我来吗？"她没有把握地问，"是不是？我是说，我来让你画。也许，你希望我永远不来了？"

我说不出话来。可她一定从我的表情上得到了答案。她笑起来，把额头上的黑发捋到一边。和那天晚上在公园林荫路上第一次遇见她时的那个姿势一样。啊，好像是很多年以前的事情了！"我有空就来。"

"珍妮。"我的声音有点哽咽。

"艾本，怎么了？"

我把目光转向别处。还有什么好说的呢？什么也没有。我连自己心里在想什么都不知道。"你姑姑住在哪里？"我问。至少，我想知道她住在哪里，如果需要，我可以去找到她。可是，她摇摇头。"我住哪里都无所谓。"她说，"你不能来找我，只能我来找你。"她凄惨而温柔地说，但是非常坚定。

这一瞬间，我们好像隔着一道深不可测的鸿沟在互相凝望。这条鸿沟，古往今来，还没有一个灵魂可以跨越，或者重新返回。她无助地动了一下，好像要触摸我。这一刻瞬间即逝，她又恢复到本来的样子，一个陌生人，在我永远不能企及的梦乡里徘徊。

不过，我们知道，我们都互相明白了。

过了一会儿，她戴上帽子，穿上大衣。"再见，艾本，"她说，"我很快就会回来的，我会抓紧，真的。"

她用黑色的大眼睛注视着我。她说："我并不希望你能够明白！"

　　走到门口，她又转过身来，低声说："你试着等我。
等着我。"

第 十 章

有的时候，一个人不得不相信他不能理解的东西。这是科学家的理念，也是神学家的理念。我们面对着一个无穷无尽的宇宙，尽管我们无法想象它，但我们接受了这一概念。可是，我们无法想象这种无穷无尽。在我们想象所能达到的最遥远的地方，我们不由自主地把它当作宇宙的尽头。可是，如果宇宙真的是无穷无尽呢？或者说，在到达尽头以后，我们又返回到了开始呢？

两星期以后，珍妮又来了。跟前几次见面时相比，我发现她长高了很多。她穿着一身制服，是修道院女孩子穿的那种。水手式上衣，裙子长及脚踝。她大步上楼，走进来，把帽子扔到床上。"艾本，"她喊，"真开心啊！"

这一刻，我彻底呆住了。我想象着她的各种变化，但绝没有想到她变成了这样。我无法找到一丝一毫上次见面时的她。她已经不是孩子了。不但如此，她已经俨然长成了丰满的少女。我心想，我得赶快把肖像画完，要不就来不及了……

我忍不住说："珍妮，你长这么高了。还有这些衣服……"

她低头打量自己，有点害羞地笑起来。"我知道。"她说，"它们很难看是不是？修道院规定我们这么穿。"

她突然停顿了一下，吃惊地看着我。她大喊："对了，当然，你还不知道。我现在在圣玛丽，跟艾米莉在一起了。我姑姑送我去的。"

"我也猜到了。"我回答说，"我一直在等你，好吧，让我们开始画吧。"

她坐到椅子上，我拿出自己的旧黑大衣遮在她水手服上面。"我可以改天画这些衣服。"我说，"你不在也能画。"

她端正地坐在椅子上，噘着嘴说："嗯，我来了你不高兴吗？"

　　她这次跟上次完全不同。比上次难画多了。她兴高采烈，简直没有安静的时候。隔几分钟，她就要打断一下我，跟我说话。或者要站起来走动走动。她完全沉浸在学校生活中，沉浸在友情，还有修道院的日常琐事中。她很快乐。她有很多朋友，还能与朋友分享共同的秘密。生平第一次，她成为一个小小的社会里的一份子。她说起她们合唱的曲子，说起每天去花房散步。在花房里，女孩子们可以向一个嬷嬷买水果吃。她说起那些在女孩子们之间互相赠送的可爱的小小的花束。说起修道院。说起她们在小山坡上面，看着那条大河在阳光下闪烁着流动。说起有个叫特蕾莎的修女教她们数学和历史。特蕾莎那从容恬静的脸，第一次在珍妮心中激起了爱戴和羡慕。当然，还有艾米莉，她们同住一个房间，共同分享着秘密。她们互相交换衣服和袜子穿。在确定没有别人进房间的时候，艾米莉的梳妆台上会出现一张照片。一个穿高领子衣服的先生，黑眼睛，卷头发。下面印着一行字：约翰·杰尔伯特先生。这是一个好莱坞明星。

是的，珍妮变了。我甚至看出她丰满了不少。总的来说，她变得更美了。我让她不停地说着。我勉强听着，我的画笔随着我的目光，在画布上迅疾地滑动着。我用我的眼睛捕捉着她的过去，还有她的未来。我觉得我正在和时间赛跑，我的画笔在色彩里滑动，绽放出绚烂的花朵。每一次我后退几步，打量我的画时，都觉得它正在逐步美丽和生动起来。

中午的时候，我们停下来吃了简单的午饭。其实我很想继续这样画下去。但我不能让珍妮饿肚子。我发现，她一直就打算在我的小煤气炉上为我烧饭。因为她在学校还上过烹调课。可惜，在我的小画室里，没有什么东西可以给她施展身手。

"我有些沙丁鱼。"我说，"一点奶酪、苏打饼干和牛奶。实在对不起，珍妮。我实在不知道你会来。"

她快乐地笑着。"我会做的也不多。"她说，"我能煎鸡蛋。可是没关系，我就用奶酪代替吧。"

她把奶酪化开了，不过有点焦。那股焦糊味让我担心会把杰克斯太太招引来。奶酪化开以后，她把它浇在苏打饼干上。那就像是一块橡胶，实在没法下口。我吃了几口沙丁鱼。过了一会儿，她也吃了沙丁鱼。"这多好玩。"她说。

当然，她觉得很好玩。这就像艾米莉有约翰·杰尔伯特一样，珍妮有我。这是令她激动不已的秘密。高兴的时候，她会偷偷告诉别人，或者深深地把它埋藏在心底。在她的年龄，每个人都有个秘密。一个私人的、独特的秘密。天地间的一切，都只是那个唯一的伟大的秘密中的一部分。年轻的心灵彼此分享的，也是这个秘密。新景色、新声音、新意义、新的欢乐和恐惧，把她童年时代色彩单一的心灵变成了万花筒，里面装满了晶莹的碎片。每转动一下，它们就组成更新颖、更动人心弦的图案。艾米莉……特蕾莎嬷嬷……合唱歌曲和鲜花，再加上我，全是她的，她独自的秘密。如果她不说，永远也没人知道。

"那些女孩子总是问起你的事。"她承认说，"可是，我不告诉她们。只告诉她们……"她想了想，说，"你长得很帅……"她低下头玩弄起手指来。

"珍妮，"我说，"别胡闹了。"

"还有，你是一个大画家，你差点饿死……"她害羞地笑了笑。"她们喜欢这个。"她解释说，"她们觉得很浪漫。"

"我的天！"我说。

"真的。"她坚持说，"而且，她们觉得我这样来看你，也很浪漫。"

她还笑着，可是脸红了，她低下头去。

"也许是吧。"我生硬地回答，"可是，我们得干活了。如果你喝完这些牛奶，我们就可以开始了。"

她有点胆怯地瞥了我一眼。"你没生气吧，艾本？"她喃喃地说，"我只是开玩笑而已。"

"不，我没有生气。"我的语气有点粗暴，站起身来，"我们继续干活吧！"

她有点拘谨地坐到椅子上。可是，她没有安静多久，又说："艾本。"

"嗯？"

"我其实并没有说你很帅。"

这没让我感觉好受些。

"我真希望有一件漂亮的衣服穿。"她停顿了一下，继续说，"我们星期天穿一件镶花边的衣服。我们做礼拜要戴白面纱。有一次艾米莉的面纱掉了下来，因为她匆匆忙忙没有别好。后来，整整一天，都不许她开口说话。"

这样的新闻没有得到我的回答，她开始别的话题。"有些功课我很喜欢。"她说，"比如数学和自然科学。可我不喜欢历史。它让我觉得很悲惨。我猜想，我有点古怪。"

我把一支画笔咬在嘴里，一支画笔在画布上画着，只是哼了一声作为回答。

"你也有点古怪。"她说。

"也许吧，"我心不在焉地说，"也许是的。请把你的头稍稍偏右一些。"

"艾本，"她用一种压抑喘息的声音说，"你会相信，有的人能预知未来？我的意思是说，预知即将发生在他们身上的事？"

我当时正在画画，心里想的也是画。否则，也许我会停下来，考虑一下她的话。可也许，我会觉得这个问题太费神，找不到答案。可当时，我只听了一半，不假思索地回答："胡说。"

珍妮沉默了一会儿，然后慢慢地说："我不知道。我不会这么肯定。你知道，你有时候突然很悲伤，为一些还没有发生的事悲伤，也许，那都是即将会发生的。只是我们心里明白，却害怕承认。艾本，假如你知道将会发生什么，你会为未来发生的一切悲伤吗？只是因为你不知道那一切会发生，你就叫它烦恼，或者是别的什么。"

我听着，可我没有在意。"你的话听起来有点像白桃皇后呢。"我说。

"白桃皇后？"

"《爱丽丝漫游奇境》里的那个。"我告诉她，"她先叫疼，然后她刺破了自己的手。"

"噢。"珍妮用很低的声音说。尽管我全部注意力都集中在画画上，对别的都没在意，但我还是觉得，这句话伤害了她。

　　"好吧，"她说，"我不再说话了。"

　　接下来的时间里，她坐在那里一声不响，也没有笑容。她回到了曾经的她，遥远而充满梦幻。我沉浸在我的画中，没有精力去向她作解释。而且，这个状态画起来更好。天色渐渐黯淡下来，我放下笔，深深地舒了口气。

　　"我想，珍妮，我们成了。"我说。

　　没有回答。她似乎在半睡半醒中。我轻轻下楼去了洗手间。我怀疑我离开一分钟都不到。可等我回到房间时，珍妮已经不在了。

　　她在我床上留下了一张纸条："亲爱的艾本，我有一天还会回来的。不过，不是马上。我想，大约在春天。珍妮。"

第 十 一 章

　　其实在我打电话到她学校去之前，我已经知道会有什么样的答复了。"对不起，这儿没有人叫这个名字。"我没有请他们再去查一下名册。我知道，回答也是一样的。就是这么回事。

　　我不知道能不能表达出这个电话以后，我连续几个星期的心情。我明白，这使我不得不相信的事实绝对是不可能的。可我真的相信了。同时我又充满恐惧。因为我所恐惧的是一种无形的东西。甚至我都不知道我怕的是什么，这使事情更加糟糕。因为一个人不论是醒着，还是睡着，最害怕的就是那不可知的事物。

　　我不知道哪一种感觉让我更难以忍受。是恐惧，还是珍妮离去以后那种突如其来的孤独。珍妮去到了一个比辽远的海洋更加遥远的地方。我无法在世界上任何一个角落里找到她。

我周围的世界突然变得空虚而寂静，就像一把小提琴的琴身一样。只要有一个音符就会让它获得生命，一个音符就会使它成为乐器。可是，这个音符总不响起，没有人演奏它。它始终只是一个木头壳子。

我沉浸在无可奈何的焦虑中，惶惑而无助。我从来没有问过自己，为什么太阳升起来的那一天就是新的一天，而不是已经过去的一天。或者问自己，我以前做的那些事情，到底有多少真的是我做的？也许，我们应该感谢我们的无知和单纯。我们以为生活只有一条路，一个方向，那就是向前走。我们接受它，不停地往前赶。偶然中，我们会想到上帝，想到宇宙的神秘，也只是偶然而已。我们并不真正相信这个秘密。我们也不会承认，即使有人向我们解释，我们还是一窍不通。也许，这是因为，其实我们并不相信有上帝。在我们的心里，我们总是认为这是我们的世界，不是他的。

我们真蠢啊，生来如此：简单，无知。也许就是这样的无知，使我们在这充满神秘的世界中生活得坦然自若。因为我们既无知，又无觉，我们就不必费尽心机去理解。因为无知，我们每天清晨醒来，感到这是新的一天，感觉到这是无数日子中的一天；因为无知，所以每做一件事就像是从未有前人做过的一样，都像是我们自己意识的产物。如果没有这种无知，我们早已在恐惧中死亡，或冻成坚冰。现在我明白，就是因为人们不愿意接受那些先知先觉圣徒们的启示，所以人们把他们投入烈焰，化为灰烬。

我把注意力重新集中在绘画上。在画架前面，我慢慢获得了心灵上的安宁。我知道我的根还是在地球上。不管上帝有什么打算，只要我还想活下去，我必须依靠自己的努力。慢慢地，我的焦虑，我的恐惧的迷雾都散去了。剩下的只有清醒和感激。当然，还有孤独。

这种孤独是我没有料想到的，而且也是无法适应的。因为这个缘故，我没有把完成的画作立刻送到马修先生那里去。这幅肖像，就是我能够拥有的珍妮。它提醒我，

珍妮确实来过这个世界。我不舍得与她分开。我在等待
她的到来。以前快乐和知足的我，内心突然变得空空荡荡。
像是失去了什么。

有一天，杰克斯太太看到我在对着肖像说话。我不
知道我说了什么，也许是以前对真正的珍妮说过的某句
话。她悄悄地站在我身后，手里拿着抹布，伸着头看着。
"好啊，"她说，"好啊。"

她的出现让我很不舒服。我走开去，装作没有在自
言自语，就好像这是一件很自然的事，是她误会了。可是，
杰克斯太太并不罢休。"这就是那个来找你的女孩子，"
她挖苦地说，"这是你的情人。"

我怒火中烧。"你疯了！"我骂道。我很想揍她，
把她推出屋子。可她毫不示弱，也恶狠狠地瞪着我。

"疯了的不是我。"她恶毒地说。

她气冲冲地走到门口。"只要你愿意，你随时可以
离开这里。"她说，"想来住的人多得很。"走出门以后，
她又补了一句，"你不是个正人君子。"

我想追过去，告诉她，我马上就走，立刻就走。可

才追了两步，我就茫然地站住了。我不能离开这个房间。这是珍妮的房间。她在这里坐过，在这里我们一起吃过饭。这是她喜欢的地方。我怎么能离开这里呢？这里充满了关于她的记忆。

何况，假如我搬了家，她去哪里找我呢？

我轻轻地关上房门，在房间里走了几步。我必须住下去。我必须去向杰克斯太太道歉。我的嘴里充满了苦味。我把珍妮的肖像翻过去，对着墙。我决心暂时不再想她。可是，没用。除了她，我别的什么都不愿意想。那是三月。到了四月初，我又见到了她。至少，我现在知道当时见到的是她。可在当时，我却不敢肯定。她只是转瞬即逝，我连跟她说话的机会都没有。

那是在画廊里。吉莱·方斯沃斯的一些画作正在展出。其中还有海伦·索亚的一两张风景画、鳕鱼角的风景、北图鲁尔渡口、一所老房子，还有帕末河，它缓慢地流经图鲁尔渡口。画廊里很热闹，有不少人。我走进马修先生的小办公室，想跟史宾尼小姐聊聊天。她已经卖掉了那幅花卉，价格卖得不错，所以见了我心情很好，很满意。

"亚当斯，"她跟我寒暄以后说，"请你告诉我，画家到底是什么人？一个画家一辈子饿着肚子，穿着带破洞的裤子和露出脚指头的鞋子走来走去，一心只想在画布上涂涂抹抹。是谁疯了，是他还是我们？上次给你的 30 美金哪里去了？"

"花完了。"我说。

"那当然。"她附和我说，"我也不以为你会拿去买股票。可是，你为什么不能买一件新大衣，或者一双皮鞋呢？"

我低头看看自己又旧又破的鞋子，耸了耸肩膀。我不知道这跟她有什么关系。"噢，"我说，"把它擦一下，它又会好看些。这得看我会不会想起来去擦皮鞋。"

"它的鞋底还在吗？"她问。

我对她笑了笑，让两只脚死死地钉在地面上。我知道，她很可能会不由分说把我的一只脚抓起来，就像铁匠为马打马蹄铁一样。"我不知道你会留意这些。"我嘀咕说。

"别说蠢话！"她说。她的脸慢慢地红起来，一直红到脖子。

"好吧，"我觉得自己有点傻，"以后开价的时候把买鞋的钱加进去。"

她像一个开货车的司机那样粗鲁地骂起来。我就出去找马修先生了。

我一开始没有看见他。他那时正站在门口送一位客户。画廊里的人差不多都走光了，只剩下几个人还站在吉莱·方斯沃斯那张《工作后的小憩》前面。除此以外就没别的人了。海伦·索亚的画挂在较远的角落里，离门很近。我向那些画走去。

就像大部分画廊一样，画廊里的光线很黯淡。整个画廊在暮色笼罩下。不过，墙上那些画好像带着自身的光芒，太阳和海，清晨的天空和午后的大地，都散发着悦目的光亮。我好像听到史宾尼小姐从办公室里走出来，我转过身去，却空无一人。等我再回过身来的时候，我的心脏似乎停止了跳动。

海伦·索亚的画前面，站着一个年轻的女子。水手服的衬衣，裙子长及脚踝。她站在帕末河那张画前面。在黯淡的暮色中，我只能看到这么多。她的双手捂着脸，好像在哭泣。

"珍妮，"我说。也许我自以为喊了一声。我想向她走过去，可是我的腿像灌了铅一样沉重。我唯一能做的，就是向前跨了一步。我的心沉重而缓慢地跳动着。我吃力地呼吸着，就好像顶着风浪在游泳一样。

她抬起头来。这一瞬间，我看见她的脸被泪水洗得又湿又亮。紧接着，她就不见了。也许，她是从门里出去的。我不能十分肯定。马修先生那时候恰巧回来，他微微侧了一下身子，好像让人走过去一样。也许，那就是珍妮。

他笑着穿过画廊，向我走来。当他看见我的脸时，他的神色突然大变。"天哪，亚当斯先生，"他喊起来，"这是怎么了，你的脸色多难看。"

我说不出话来，只是摇摇头。我一言不发地从他面前走过，跟跟跄跄地走出门。他震惊地目送着我。我没有告诉他发生了什么。

街上只有些普通的行人。我并没有期待还能遇到别的。

第 十 二 章

那年的春天来得很早。四月还没过完，风和雨就都消失了。不知哪一天，公园里的青草散发出带着甜味的清香。林荫路下的草地上，有一只知更鸟在鸣叫着。天蓝得跟冬天不一样了，白色的云里带着淡淡的黄色。其实，春天真正的色彩是黄色，不是绿色。刚发芽的草地、云彩、薄雾、带着阳光的空气、树上像羽毛一样的花蕾，这一切都和淡黄的色彩，和丽日、泥土、水蒸气融合在一起。夏天的色彩才是绿色，秋天的色彩则是蓝色。

城市从冬眠中苏醒过来。摩天大楼的屋顶，像被融化在了空气里。风从南方，经过泽西城吹来，把泥土芳香的气息带来了。行人的脚步放慢了，表情也变得松弛而友好。他们的身体里还带着冬天的寒冷，所以希望温暖的阳光抚摸自己。白日渐渐变长，阴影也不那么浓重了。夜色在不知不觉中降临。黄昏悠长而宁静。夜的音响里充满了恬静和愉快。夏天即将到来，人人期待的夏天，它在走来，它已经很近了，带着鲜花和阳光下海水浴的诱惑。

夏天是最难独处的季节。大地温暖可亲。这是散步的季节。到处都能找到两个人安静散步，不被打扰的地方。在夏天到来的时候，人们会格外想念自己的心上人。

在公园里，开始有一对对人散步。他们慢悠悠的，手挽着手。他们不再像在冬天那样匆匆赶路，而是悠然自得地交谈着，有时候停下脚步，微笑地看着玩耍的孩子们，或者观赏着湖上的天鹅。他们观赏着春天，也知道，在夏天到来的时候，他们仍然会在一起。可我就不同了。因为我没法知道什么时候能够再见到珍妮。随着日子一天天地流逝，我对她的思念越来越迫切了。

距离是个很实在的东西。不管它多远，人总有办法到达那里。它在某个地方，在泽西市那边，在北边松树林中，或者在东边靠海的地方，人们可以开车过去。它不是昨天，或者是明天。这是另一种距离，一种残忍的距离。因为没有办法可以到达那里。

可是，虽然我想念她，虽然我无法到达她那里，我并没有完全离开她。我发现我的记忆变得越来越清晰了。它似乎开始制造出一种假象。过去发生的一切显得越来越真实生动，它渐渐取代了眼前的一切。这并不是说我生活在过去的记忆中，只是眼前的一切越来越模糊了。每一件事情都让我联想起珍妮。她的身影变得越来越清晰，真的活生生地出现在我眼前。

那个春天里，别人梦想着，梦想着夏天。而我则梦想着过去。我看见的、听到的、闻到的，木头燃烧的气味，铲子在人行道上刮擦的声音，停泊在河上的船长长的鸣笛声。这一切的一切都能帮我回到过去。晚上从窗口飘进来的孩子尖锐凄厉的哭声，把我带到另一个夜晚。在雾中，在公园里，一个孩子跟着我，沿着那空空的摆着长椅的林荫路走去。她用一只脚跳着地上粉笔画出的格子……"你知道我最喜欢玩什么游戏？是许愿的游戏。"

或者，在一个阳光灿烂的清晨，湖上有一只船在缓慢地漂浮。我突然发现，眼前闪烁的蓝色不见了，只看见一片洁白明亮的冰，还有溜冰的人们。凌厉的寒风吹拂着我的脸颊，珍妮的胳膊正挽着我的胳膊，坚实而轻盈……或者，当下午回家的时候，上楼梯的时候我心脏激烈地跳动着，我期待她正在房间里等我。我非常亲切地记得她第一次来看我的情景，穿着大衣，带着手筒。"我想，也许你看见我会很高兴的，艾本。"她那时说。

这就是我在早春的那些日子里的心情。不觉得快乐，也不觉得不快乐。我梦想着，期待着。我没有很大的奢望，也不寄予多少希望。我只是想再一次见到她，再一次和她在一起。我努力不去幻想夏天的日子，甚至也不去想象未来。我想了又怎么样？我把这一切都交到她的手里，就像我已经把过去交给她一样。我们为什么会相遇，怎么会发生这样的事情，我不知道。到现在我还不知道。我只知道，我们天生属于彼此。她生命的丝丝缕缕，和我生命的丝丝缕缕交织在了一起，连时间和世界都不能完全把我们分开。当时不能够，以后也不能够。

　　究竟是什么，使得世界上这么多男人女人中间，有一个男人和一个女人觉得他们互相属于对方？是一种偶然的相遇？或者是，他们同时生活在一个时代？或者是因为脖子上的线条，下巴的形状，眼睛的神气，说话的风格？还是有一些更深层次、更奇特的，远远超出偶遇、机会和命运之外的因素？会不会在别的时代里，也有人会被我们爱上，而且也有爱上我们的人呢？会不会有一个灵魂，在世界上生活过的人中间，在那无穷无尽的一代代人中间，从世界的这一头到那一头，非爱我们不可，不爱就死呢？而我们也非爱她不可，用全部的生命去追寻她，不顾一切，一直到死为止呢？

　　到五月的时候，我彻底没有钱了。我只得把肖像送到马修先生那里去。虽然我不愿意，可也没办法。我得付房租，还得买颜料和画布。我还是去阿兰布拉餐馆吃饭，虽然那边的活儿早已结束。酒吧上面的草地野餐好像很受顾客的好评。所以穆尔先生并不在意我每天去吃一顿饭，只要我吃得不太多就行。而且，他正打算做一个封面有画的菜单，也许画餐馆大门，他本人站在门前。

古斯让我把他的车子也画上去。我无所谓。反正一个艺术家画来画去都是为了吃饭糊口。

古斯开车帮我把珍妮的肖像送过去。他坚持要陪着我，因为他生怕别人欺骗我。我们一起把画抬进画廊，把画在小办公室的桌子上竖起来。我们退到一边，请马修先生观赏。

他沉默了很久。我以为他对这幅画很失望，我的心不由得沉了下去。可是，我很快发现，他真的被打动了。他的脸色略显苍白，眼睛睁大了，又眯起来。他一只手的手指在另一只手的手心里不断地敲击着。"好，"他说，"好。对了。"

我也跟着兴奋起来。到目前为止，我怀疑我还没有用批评的目光看过这幅画。在我的画室里，它是我的一部分。我到现在还能感觉到画笔在我手指间滑动。而且，这又是珍妮，是我仅有的珍妮。可是，在这里，在画廊里，我用马修先生的目光去观赏它。我才明白，我画了一幅什么样的画。这使我感到自豪，同时也感到卑微。

过了一会儿，史宾尼小姐也来了。整整一分钟，她没有说话。然后，她深深地叹息了一声，"好，亚当斯。"
她用一种奇特而柔和的声音说，"对，就是这样。"

马修先生清了清嗓子。"是的。"他说，"就是这样。
这就是我想象的。这个……"他好像说不出话来了。

古斯接下说："她很好。马克。我跟你的看法是一
致的。"接着他转向史宾尼小姐，"请照顾他一点，太太，
他是我的朋友。"

"我会记住的。"史宾尼小姐回答。

她和马修先生出去商量了。古斯走到我身边，用胳
膊肘顶了我一下。"依我看，马克，"他低声说，"他
们喜欢这幅画呢。"

"是的。"我说，"我也相信。"

"别让他们把价格压得太低。"他说，"开价
50。"

"我想得加倍。"我说。

古斯张大了嘴巴，"不。"他哑声说，"那你试试吧，
我不信。"

马修先生和史宾尼小姐一起回来了。他们的神态很

庄重。马修先生立刻进入主题。"亚当斯先生。"他开口说。

"别这么客气。"史宾尼小姐说,"他是自己人。"

"那么,好吧,艾本,"马修先生停顿了一下。"我不想掩饰我的真实心情。你给我带来了一个很大的惊喜。我非常感动。这幅画……好吧,我避免使用伟大的作品这个字眼。但确实是……"

"说下去,亨利。"史宾尼小姐说。

"好吧,"马修先生连忙说,"问题是,我们不打算买这幅画。不。"他看见我脸色沉下来,举起手阻止我,"不是你想的那样。原因是,我确实不知道它应该值多少钱。"

"那么,"我说,"你估计它值多少?"

"这得看买主是谁,"他回答说,"目前私人收藏家的市场不看好。可是,假如有博物馆买的话……"

"怎么样?"我问。

"这可能可以卖 1000 美金以上。"他说。

我听到古斯在一旁倒吸了一口气。

"我打算这样，"马修先生继续说，"把画寄放在我们这里。我们会尽最大的力量帮你找到买家。先预支一点，"他紧张地清了清嗓子，"我可以先预支200美金。"

"亨利！"史宾尼小姐严肃地提醒。

"300美金。"马修先生很勉强地改口说。

这时候，古斯开口了。"拿着，马克。"他粗声粗气地说着，还碰了我一下。

我坐着古斯的车子回去了。我靠在椅背上，得意地看着我的城市。它也愉快地回看着我。从前面打开的窗子里，我能看见古斯的后脑勺。我发现他开始按下计程表，计程表在滴答地走着。很好，为什么不这样？我是有钱人了。尽管这样，我还是有点奇怪，因为古斯一句话也不说。他很不自然地沉默着。他以前可不是这样的。

他送我到家，沉默地收下了车钱。当我想谢谢他时，他把目光转到一边，"别在意，"他说，"小事一桩。"

他把两只手从方向盘上拿起来，无可奈何地看了看，好像它们使他很失望的样子。他把手又放了下去。

"我帮不上什么忙，马克。"他说，"这是实话。"

第 十 三 章

第二天清晨，在春天明媚的阳光里，珍妮来到了我的身边。我听见她在楼下的声音，刚刚匆忙地披上衣服，她已经跑上楼梯，到了门口。她手里提着一只小皮箱。她进门放下皮箱，扑到我面前，吻了我。

这是世界上最自然的事了。我们两人拉着手，互相看着、笑着。一句话都说不出来。我们还能说什么呢？我只是觉得，她把春天早晨的明丽和芳香一起带进了我的房间。

我一眼就看出，她长大了很多。现在，她已经是一位年轻的女士了。旅行装束，还戴着手套。因为一口气跑上楼梯，也或者是因为太快乐了，她喘着气。她的深褐色眼睛毫不掩饰地打量着我。我深深地叹了口气。"珍妮，"我说，"我真想你。"

"我知道。"她说，"我也想你。这对我来说，时间还更长一些。"她严肃地把她的手从我手里抽出去。她说："我不上学了。"

"我知道。"我说，"我能看出来。"

她缓缓地转着身子，欢喜地打量着房间里的一切。"我经常梦到这里。艾本。"她说，"我自己也说不清，有多少次我从梦中醒来,躺在床上,想念着这个房间……"

"我知道。"我说。

"你真的知道？"她柔声说，"不，我不相信。"

她站在那里，一边环顾四周，一边慢慢地摘下手套。我也跟着她打量着周围的一切。我真希望我的房间能稍微整洁一点。我走过去，想把床单拉平，可是她拦住了我。"别。"她说，"别碰它。还记得有一次我多么想替你打扫房间，那时我还小。现在你就让我来吧，顺便告诉我咖啡在哪里？可怜的艾本，这么早我就把你吵醒了。你先去把衣服穿好，然后我们吃早饭。我会告诉你关于我这一阵的生活。"

"不过，珍妮，"我说，"如果我们在一起的时间这么短促……"

"我们有整整一天。"她急切地说，"还会多一点。"

我下楼到洗手间，随珍妮的心愿，让她打扫房间。我好像看见杰克斯太太站在下面的楼梯口，可是我不在意。我太快乐了，天气也太美好了。我们有整整一天，还会多一点。这是什么意思……刮胡子时，我刮破了两处。

珍妮已经学会怎么整理床铺，怎么煮咖啡。我回来的时候，简直都认不出自己的房间了。画桌上铺着一块干净的毛巾。两只杯子，其中一只把手坏了，和咖啡壶一起端端正正地放在桌上。还有一块我搁在窗台上的黄油，现在放在一个小托盘里。还有几片面包，她用叉子叉着在煤气炉上烤得焦黄。空气中散发着香气。我们手拉手一起坐下来吃早餐。

我告诉她那幅肖像的事，她紧紧地抓着我的手。"天哪，太好了。"她叫起来，"真的太好了。艾本，难道你不高兴吗？"

她沉默了一会儿，想着自己的心事。"艾本，"她终于说，"我们来做件特别的事情，好不好？来庆祝一下。我将会有很长一段时间不能跟你在一起。你知道，家里让我出国，到法国去，进一所高等学校，要两年呢。"

"珍妮！"我喊。

"我知道。"她迅速地说，"我也不想去。可是，我不得不去。而且，反正两年过得很快，然后……"

"然后呢？"我问。

"我得拼命赶。"她认真地说，"这样，有一天我就跟你一样大了。"

"我28岁，珍妮。"我也认真地说。

她点点头，回答说："我知道。到那时，我就跟你一样大了。"

"可不是你从法国回来的时候。"我说。

"不是。"她承认说，"还有很长的日子呢。"她紧紧握住我的手。"不过，我得赶紧。"她说，"我必须赶紧。"

有一阵，她好像陷入沉思中。低着头，长长的睫毛遮住了她的眼睛。然后，她振作起来，笑着坐直身子，"我们去野餐，艾本。"她说，"去农村找个地方，玩整整一天。我们还从来没有这么做过呢。"

从来没有这么做过呢，就好像我们在一起做过很多事一样。不用她说服我。在这样温暖的春天，两个人在一起，到农村去玩一个整天……"好啊，"我说，"太好了，我们就这么干。"她简直等不及我把咖啡喝完。我们两人手拉着手飞快地下了楼，跑到大街上。明媚的阳光，像一大捧鲜花一样扑洒在我们身上。

古斯的车停在街角，他正坐在车里。他看到我和珍妮过去，摘下帽子，像被吓了一跳。我敢说，他一直不相信有珍妮这个人，更没想到还能亲眼见到她。我走到车旁，打开车门。"古斯，"我说，"我们要去野餐。到乡下的一个地方玩一天，随便什么地方。请你为我们开车。一共多少钱？"

他抚摸着他的帽子，勉强地笑着，使劲咽着口水，好像不知怎么开口。"你听我说，马克，你听我说……"

"不管花多少钱，没关系。"我说着，让珍妮坐进车里。

如果不能随心所欲做自己喜欢做的事，钱再多又有什么意义？

古斯回头看了我们几次。好像想确认，我们是不是真的坐在后面。"原来真有这么回事。"他的语气里有一点点惊恐。他不是对我说，是对他自己说。"那么，马克，你们想去哪里呢？"

我向前挥挥手，"有草地的地方。"我说，"随便哪个村子。"

我不知道我们到了哪里。那里绿草青青，美丽无比。好像是纽约的北边，也许是西切斯特。我们开了一个小时才到。我们把车丢在路边，翻过一道篱笆，走进了草地。草地上有一头牛，它根本没把我们当回事。我们爬上小山，山上有一些树。珍妮脸红红的，喘着气，她开心地笑着。她和我在前面跑着，古斯在后面跟着。

中午时，我们在草地边的小森林旁，找到了一堵低矮的石墙。我们靠着温暖的石墙，在阳光下坐着。黄色的蒲公英花在草丛里盛开着。空气清新而甜蜜。我们带了些三明治。珍妮吃夹着蔬菜的三明治，我和古斯吃夹着香肠的三明治。我们喝着罐头啤酒。珍妮还是第一次喝啤酒，她不喜欢，说味道有点苦。

古斯和珍妮交谈得很热烈。他告诉她，有一次他怎么四处去打听她，他怎么帮我去卖那幅画。珍妮请求他多多照顾我，别让我出事。我没怎么说话，我被太阳晒得有些困。心里想着，如果雅恩也在这里就好了。也许我们有一天真的都能在一起。

珍妮倚着我，坐在石墙上。她的头上插着一朵蒲公英花。花儿散发着浓郁的香气。天空有一种淡青色的蓝。林子里传来鸟的鸣叫。我真快乐，我从来没有这么快乐过，以后也再没有这么快乐过。

吃过午饭，古斯回到车上去打盹。珍妮渐渐沉默下来。她心满意足地靠在我身上，陷入她自己的梦中。过了一会儿，她微微动了一下，长长地叹了口气。

"你在想什么，珍妮？"我问。

她缓慢地温柔地回答："我在想，艾本，世界多美呀！而且会永远这样美下去，不管我们怎么样。年复一年，春天来到我们这里，也到埃及去。太阳从同一个淡青色的蓝天里落下去。鸟儿在唱着歌儿，为我们，为昨天，或者是为明天。世界只是为了美而存在。艾本，不管我们是活在现在，还是活在过去。"

"明天呢？"我说，"明天在哪里，珍妮？"

"这有什么关系？"她问，"明天永远在那里。过去的日子也曾经是明天。答应我，永远记着这句话。"

我温和地说：

　　我从哪里来，

　　没有人知道。

　　我去的地方，

　　人人都会去。

她惊喜地叫了一声，接了下去：

　　海风吹，

　　海浪高，

　　上帝该知道。

"我知道，他知道，艾本。"她说。然后，她信任地、纯洁地仰起嘴唇，迎向我。

后来，我们在树林里漫步。绿荫缤纷，遍地青苔野草。我们发现了一处小溪，紫罗兰花在溪边的草丛里盛开着。珍妮停下来摘了几朵，扎成个小小的花束。"为了纪念今天的日子。"

太阳西斜，四周的阴影浓重起来。空气中有了凉意，我们踏上了回程。

第 十 四 章

　　整整一天，我是那样的幸福，我将永远不会忘记这一天。即使这天的结尾很悲惨，但永远改变不了它在我记忆中的美好。因为我和珍妮做的一切都是美好的。不愉快的事来自外人的介入。并不是很多恋人或朋友都可以这么说的。恋人和朋友，相互敞开着心灵，是不设防的。因此，他们比陌生人更容易彼此伤害。

　　我记得，我们并没有讨论过珍妮在哪里过夜的问题。她早晨就要上船。我记得，是毛里塔尼亚号。再次听到那个古老而著名的船名，我有一种很奇怪的感觉。我们两人觉得，在她上船以前，我们得在一起。

　　我们在阿兰布拉餐馆吃了晚餐，坐在靠近酒吧的一张小桌子上，从那里她能看到我的壁画。然后，我们在寂静的暮色中走回去。这是一个安静而凉爽的夜晚，空气像静止了一样。在西边深绿色的天空中，金星像一盏灯一样在城市的上空闪闪发亮。

每次回想起这一幕，我的心中就无限欣慰。她对我说，春天每年都会到来，明天也总是会到来。如果明天也没有了，那我还有昨天。昨天是永恒的。

她告诉我，那天我在画廊里见到的就是她。她确实去了那里，并且哭了。"我不知道是为了什么，"她说，"那是一条河，河的那岸是一个小山丘。那条河叫帕末河。突然之间，我觉得我认识它，觉得它是一个悲伤的地方。我就哭了。我想跑到你身边去，可是我不能，我必须回去。我有段时间曾经很难受，后来就忘了。"

她的手在我的手中微微发抖。"你真不该问我。"她说，"我不愿意想起这些。"

我轻轻地抚摸着她的手，"那是条非常可爱的小河，珍妮。"我说，"一点儿也不悲伤。它由小溪汇成，并不深。白天的时候，孩子们在那里玩耍。到了晚上，芦苇里传来白鹭的鸣叫。潮水退去以后，人们都去那里拾蛤蜊。"

　　她勉强地笑笑。"我知道，"她说，"我很傻。我们别再提它了。你还是跟我讲讲巴黎吧，你在那里生活过，不是吗？它很美吗？我的学校在帕西区，离你住的地方近吗？告诉我能看什么，能玩什么。也许有一天，我们可以真的在一起玩……"

　　我们坐在床沿上，交谈了好久。我对她说起雅恩，说起杜佛科斯画室，说起我们有钱的时候常去的百合餐馆，我们没有钱的时候常去的巴克街上的小酒店。她如饥似渴地听着，就好像亲眼所见。"哦，艾本，"她说，"一切都那么好玩。"

　　我们甚至计划着我们在一起干什么。我记起有个朋友在圣·路易岛的顶端住过一间房子。这房子直接伸到塞纳河的中间，河水从窗口的两旁流过去，就像在船头一样。我答应带她去逛卢森堡宫，去玛丽爱娜河边散步，去逛纳易集市，答应她在攻克巴士底的纪念日去皮加勒广场跳舞，春天的时候到圣·克劳森林去玩，在树荫下品尝新酒。"那该多好玩啊！"她说。

杰克斯太太敲门的时候，夜已经深了。我一辈子也不会忘记那声音。如果有一天死神降临，它一定也会这样来敲我的门。

还没开门的时候，我已经明白是怎么回事了。她站在门口，就像严冬的阴影，像平时一样，双手搭在腹部。"不行，"她说，"不行。不能在我家，不能在晚上。朋友，一切都有个限度。我出租的房子，一直都是规规矩矩的。我希望现在还是这样。"

然后，她用苍白颤抖的手指指着珍妮，突然喊："出去！"

我气得说不出话来。我就像被冻结了一样。也许这样倒好，否则的话，不知我会做出什么事来。珍妮缓缓地、像在梦中一样从床上站起来。她把脸转向一边，不让我看到她满脸羞愧。她走到放帽子和大衣的椅子那里。

"艾本，对不起。"她喏喏地说，"我没有想到……"

"出去！"杰克斯太太喊。

我终于能开口说话了。"闭嘴，"我对她喊，又转向珍妮，"别理睬她，别理睬她。"

可是，珍妮摇摇头。"太迟了。话已经说出来了，没法收回了。"她拿起帽子和大衣，弯腰提起早晨放在门口的小皮箱。杰克斯太太闪到一边，让她出去。珍妮走过她身边，没有看她一眼。可是，到了门口，她转过身来看着我。她的眼睛里充满渴望、爱和信任，就像一只手温柔地抚摸着我的面颊。她的目光制止了我追赶的冲动。

"再见，艾本。"她清晰地说，"有一天我还会回来的。不是这个样子，再不会是这个样子了。到那时，我们一定会永远在一起的。"

杰克斯太太站在那里等着她，跟着她下楼。珍妮的脚步声在楼梯上渐渐消失了。

第 十 五 章

这件事发生以后，我就搬离了杰克斯太太家。因为夏天即将来临，我决定到鳕鱼角去找雅恩同住。马修先生和史宾尼小姐像老朋友一样跟我道别。马修先生送给我一个可以折叠的小画架，是弗朗姆克斯用过的。史宾尼小姐送了我一瓶白兰地。她说，白兰地可以除去手指里的寒气。"我还要一张2.4英尺乘以4英尺的花卉静物。"她说，"还要一张教堂。那种白色的小教堂，带大钟楼的。再见，上帝保佑你，可别淹死在海里。"

"我干吗要让自己淹死在海里？"我问。

"不知道。"她回答说，"男人都是傻瓜，什么都能做出来。我自己的话，我怕海，连离海50英里的地方我都不会去。"

"你那么厉害。"我说，"海一定淹不死你。"

她用古怪的神情看着我。她的脸慢慢地红起来。"倒是厉害的人，常常容易被淹死。"说完，她转身走了。

马修先生把我送到门口。他赶上一步，拍拍我的肩膀。"再见，我的孩子。"他说，"我很庆幸你到我们画廊来了。我们以后还可以在一起干大事业。这次休假是应该的，好好享受去吧。不过，记住了，别画风景。把那些沙丘留给伊斯特伍德去画好了。"

"我打算画些打鱼的人。"我说。

"渔民？"他有点怀疑地重复了一句，"好吧……"

"在清晨，起网的时候。"我说，"那些鱼在网里面翻跳着。"

马修先生忧郁地看着我。"你听着，"他说，"世界上有很多鱼。"他重重地叹了口气，"但真正的女人不多。"

古斯送我上火车。"自己多保重，马克。"他说，"别干那些连我都不愿意干的傻事。"我口袋里放着一个纸袋，纸袋里是珍妮扎的紫罗兰小花束。虽然已经枯萎了，但还带着一点香气。我的颜料、画布、画架扎成一件行李。衣服是另一件行李。是半夜的火车。古斯的汽车开往车站时，一幢幢办公室大楼的灯都是黑的。我一直想着珍妮上一次跟我一起坐这辆车的情景。

我告诉古斯，我坚信我还会再见到她。"当然。"他说，"为什么不能呢？马克，一个人活在这个世界上不能太聪明。因为他总会碰到一些意想不到的事情。拿我们犹太人来说，当初他们觉得自己不可能走出埃及。可是，他们真的走出去了。你知道为什么？因为上帝要让他们书写《圣经》。他们事先不可能想到这一点。"

"他们不需要想到。"我告诉古斯。

"我明白，"古斯说，"你的意思是说，上帝会告诉他们。那么，他告诉他们什么了呢？我就想知道这个。"

"我想，他已经说得很明白了。"我说。

"我可不明白。"古斯说，"我到现在还在琢磨，上帝对他们说了什么。我得出的结论是，上帝说的肯定是好消息。唯一的坏消息就是，我们所知道的也就是这些了。"

我拿出钱，准备付他车费。他把它推开了。"别放在心上了，"他说，"我没有打表。你已经给过我不少了。"

"再见，古斯。"我说，"我们秋天见。"

"一定。"他肯定地说，"给我写明信片。"

在我拿行李以前，我迟疑了一下，"你觉得，上帝想告诉我什么呢？"我半真半假地问。

"我认为不可能。"古斯说。

"可是为什么会这样呢？"我叫起来。

他摇摇头说："我不可能知道。"

第二天下午，我到了普罗维斯顿。刚过波恩桥，我就闻到了松木和金盏花那充满阳光的、温暖的香气。已经生疏了的夏日悠闲的感觉扑面而来。在那些院子和花园里，丁香花开了。梨花和李子花开得洁白如雪。一眼望去，威尔佛里特一带的沼泽地如银绿色的波浪蜿蜒不绝。图鲁尔过去就是海湾，宁静明亮的海面蓝得就像翠鸟的翅膀。在远处的天和海的交际处，勾勒出普利茅斯城清晰的黑色线条。

雅恩已经在等我了。他在小镇的西面有一个房间，靠近福他都港口。他把我带到那里，让我洗漱和休整。我走到窗前，深深地吸了一口我熟悉的空气。我从来没有忘记过它。涨潮的时候，潮水带来海草和鱼腥味。海鸥在港口那边盘旋鸣叫。沙滩上，有人正在用锤子敲击一只捕龙虾船的船身。三桅船玛丽古拉特号，和很多渔船一起，停泊在港湾里。我看见约翰·威辛顿捕鱼船从北图鲁尔撒完网，破浪而来。船头激起雪白的浪花。慢慢地、静静地，水和天的颜色深沉下来。太阳在山头上沉落下去，岛上的红灯和白灯全都亮起来了。

我们漫步走向渔船码头。我们走过德亚的五金店和佩吉的修车行，走过邮局，走过长着榆树的小广场。夏季的游客还没有到来，小镇非常安静。街道上行走的都是本地人。脸膛黝黑的渔民在家门口，操着一半土语一半葡萄牙语聊着天。女孩子们没戴帽子，嘻嘻哈哈成群结队地从暮色里走过。

途中，我们走进泰勒饭馆吃晚餐。我点了一份本地特色的鱼汤。我想听听普罗维斯顿的新闻：今年谁在教书，是怎么分班的，吉莱·方斯沃斯是否还保留着他以前的画室，汤姆·布莱克曼是不是还开雕刻课。然后，雅恩当然得听我说那幅肖像的事。当他听说马修先生希望有一天能把它卖给博物馆时，他发怒地挥着手。

"别这样，艾本，"他咆哮着，"别让他们这样。博物馆？那是死魂灵集中的地方。"

"是啊，"我说，"就像英尼斯[1]，或者是切斯[2]一样。"

"他们都死了。"他说，"全过气了，完了。"

"是吗？"我问，"我不认为这样。"

"天哪！"他大叫，"这都是过去的事了，全被我们甩在身后了。"

"可是，伦勃朗，"我说，"还有梵高。我们还不能说他们已经过去了……过去的一切并不是被我们甩开了，雅恩，它们始终和我们在一起。这就像鳕鱼角，

---

1 英尼斯：乔治·英尼斯（George Inness，1825-1894），19 世纪美国著名风景画家。

2 切斯：威廉·梅里特·切斯（William Merritt Chase，1849-1916），美国画家和艺术教育家，以肖像画出名。

我们更应该能够感受到，帕末河的潮水年复一年都是一样的，每天渔船归来，网里的鱼也是和从前一样的。"我隔着桌子向他微笑，"我也是最近才开始想这些的。"

"那么，"他不满意地说，"希望你别再这么想了。一个艺术家不应该思考得这么深，这会影响他对色彩的感觉。"

这样一来，我们又回到往日的争辩中。接下来的时间里，我们谈论的全是色彩、线条、象征、形状和尺寸。

"我想跟你说，"雅恩扯着自己的胡子嚷着，"我们必须重新像小孩子那样。我们必须让色彩返回世界。色彩就是为了看。不要去思考。去画，像小孩子那样。"

他拍着桌子，扯着胡子，吼叫得像一头公牛。他现在真正快乐了。我问他，他是不是指望一个小孩子能懂得他的画。他鄙夷地看看我："只有一个艺术家，才有指望能懂得另一个艺术家。不能指望大众能够理解艺术。"他不着头绪地说，"那些博物馆里，总是挤满了小孩子。"跟雅恩在一起总是这样。

吃完饭，我们走在街上，步行回家。他充满希望地问：

"艾本，你那个模特儿夏天来不来鳕鱼角？"

我毫不犹豫地说："来的。不知哪天就来了。"他沉思着，点了点头："好，那让我来给她画张像。"

这下我可乐了。在黑暗中偷偷地笑起来。这幅画一定很有看头呢。

但是，我突然涌上一阵孤独的感觉。我不知道珍妮现在在哪里，在遥远的不可知的地方，她正在做什么。我们那个温柔如丝绒的春夜早已经像风一样消逝了。此刻，她是否还在海上呢？海上已经是深夜了，在地球阴影的笼罩下一片黑暗。但明天的太阳已经在东部的乌拉尔山脉升起了。而昨天的太阳呢？它是不是还照耀着小树林附近草地上的那道矮墙？在太平洋的海面上，它还是今天。漫长的、蓝色的海浪冲击着夏威夷的海滩。昨天……明天……，它们到底在哪里？

也许，珍妮需要很长的时间，才能回到我这里来。她说，她再回来的时候，我们就能永远在一起了。一个漫长的夏天……快一点吧，我心里对她说。

这种事，我是永远没法跟雅恩说的。我根本就没有尝试过。

从平坦的海滩上吹来潮湿的海洋气息，清新而充满着盐腥味。有时候隐隐飘来花园里浓郁的花香。我们顺着白色的路灯往回走。港口里，玛丽古拉特号桅灯在温柔的黑夜里摇摇晃晃。长长的路灯，从海湾的这一头延伸到那一头。北图鲁尔高地上耀眼的大十字像车轮一样旋转在夜空中。群星在我们头上宁静地闪烁着。需要多少光年的时间，它们的光芒才能穿透宇宙渺茫虚空，投射到我们这里？很久很久以前了吧。比我们最远的昨天还远。

海鸥在水上成群结队地栖息着，沿着空荡荡的渔船甲板一排排地沉睡着。街上冷清而空旷。我们的脚步声伴随着我们一路回家。

第 十 六 章

　　我并不打算在普罗维斯顿度过夏天。我从那张画上拿到的钱还剩 200 多美金。我在北图鲁尔的帕末河边租了一间小屋子。说是一间屋子，其实比茅草棚强不了多少。它坐落在临水的岩石上。屋子周围是密密的松林，满地的松针就像一片棕色的地毯。透过松树的枝丫，可以俯瞰河流。我能听到绵延不绝的浪涛拍击河滩的声音。还有像海浪一样的松涛声。空气柔和温暖，带着泥土和太阳的芳香。这是一个避风的地方，东边来的风雨，西北边来的凌厉的风都被康山遮挡住了。这地方一直刮着东南风，或者西南风。真运气。因为南风总是吹来温暖柔和的风，带来好天气。

在退潮的时候，帕末河只是芦苇丛中的一弯细流。可是在满月和涨潮的时候，两旁的沼泽地都溢满了河水，使人想象出当年港口的沙滩还没有淤积时的情景。那时的帕末河是一条深湍宽阔的河流，能让30多条捕鲸船同时开到港湾里停泊。这是很久以前的事了。现在，这条小河流经狭窄的河道，流向港湾。迂回在鳕鱼角和大海之间。离帕末河发源地差不多一百公里的地方，是那些低矮的绵延起伏的沙丘。沙丘尽头就是沙滩和海洋。从海那边到海湾距离不远。鳕鱼角的顶端很窄，还不到3英里。

洼地里挤满了低矮的屋子。因为低矮，可以避开冬天凛冽的西北风。这里长满了云杉、松木、刺槐、白杨、榆树、紫叶莓、金雀花、鹿蹄草、野李和樱桃。一切都是矮矮小小的。这些和小溪、低丘一起，远远看去，像一片微型的高山大河。两座老教堂的钟楼和议事厅高屋建瓴，明媚而温和地俯瞰着四周。

当年那些家庭至今还住在图鲁尔：斯诺、德亚、爱德华、阿金、考博、拜茵、李希，这些都是鳕鱼角老家族的姓名。这里是他们的家乡。这些都是些安静、善良和勤劳的人。

我也开始工作起来。可是，有这么一个星期，这里的色彩让我醉晕了：浅沙黄、嫩绿、水天一色的淡蓝，在遥远的地方凝成紫色。北上的飞鸟在这里进行途中栖息。知更鸟在草地上四处觅食，花雀在树上跳进跳出。一对金黄鹂在屋后的榆树上筑了一个窝。

六月的时候，金雀花黄了。沙丘上的紫叶莓开着白色和粉色的花。草丛里，鹌鹑在互相应叫。我下河去游泳，河水湍急而清凉。水浅处的绿壳小蟹看见我，纷纷游到远处。有些孩子已经在河边。他们在岸上的一条破船里玩耍。一个孩子黄色的头发乱得像一蓬草，他在扮演海盗，他的装备是一支橡皮手枪和他的妹妹。他和他的部队已经准备拼杀。可是还没找到对手。

整个夏天，孩子们都在海边玩耍。他们又快乐又和善。每一道海浪向着沙滩扑过来时，小孩子们马上就转身往回跑。等海浪带着一道白色的泡沫退回去时，他们转过身去追赶着，就好像他们正勇敢地征服着海洋。可当下一道海浪打来时，他们还是转身往回逃跑，带着尖叫和惊喜。阳光把他们的腿晒得黑黑的。他们热心地在沙滩上搜寻贝壳、海星，还有那些被潮水冲刷得五彩缤纷的石头。大孩子们像海豚一样在海浪中跳跃。海水明净而凉爽。

图鲁尔的时间是静止的。不知不觉，几个星期过去了。六月的时候，突然刮起一阵东北风。这风带着急雨呼啸着横扫过来，一连刮了三天三夜。门潮湿得几乎打不开，抽屉的书桌也打不开了。绿色的霉斑出现在几块画布上。即使松木从早到晚在壁炉里燃烧，还是不能保证小屋的温暖和干燥。后来，风向转了，刮起了西风，太阳又出来了，夏天又回来了，仍然是浅黄色的沙滩，水和天的淡蓝淡绿。

我画了一组画：替史宾尼小姐画了南图鲁尔的教堂，那个古老的建筑，孤零零地耸立在海湾的山顶上。一张海景的水彩画，那是刮东北风的天气，海是黑色的，像希腊人所形容的那种酒一样的深色。海面上是一道道深绿色条纹，一直漫向天边。天空就像个倒扣着的青瓷碗，隐隐透进一点光来。我把这两张画都寄给了马修先生。我画得最满意的是清晨渔民撒网捕鱼的景色。这主要是凭记忆画出来的，因为渔船不等天亮就出海撒网了。

一切都是宁静而黑暗的。海浪缓慢地从黑暗中涌过来。渔船顶着海浪行驶。东边的天空露出灰白，接着变换成淡红，天色慢慢地明亮起来。群星正在隐去，天空显出蓝色。遥远的海面上，一条船正在起网。网里都是鱼，它们像一大片阴影一样在船旁跳跃着。网又拉高了一点，那片阴影突然变成一片银光，打破了水面的宁静。渔民们一起动手把网向船舱拖去，船用力摇晃着。太阳升起来了，海湾阳光闪烁，渔民们脚下的鱼顿时变换成一片灿烂的银色。一条满载的渔船缓慢而沉重地穿过海湾，驶向普罗维斯顿。其余的船只开始返回岸边。

我请雅恩一起来画，可他说这个地方对于他来说，色彩还不够浓郁。他正在画普罗维斯顿的发电厂。他说，这象征着工业，而工业象征着今天的世界。一个艺术家应该在真正的世界里寻找他值得画的题材。

"艾本，我们不要欺骗自己。"他嚷嚷说，"美，只有在实用的时候才是有意义的。现代世界的象征是发电厂。如果它在我们眼中是丑陋的，那是因为我们没有真正认识它。"

七月份，他到图鲁尔来参加海边的野餐。我们躺在康山脚下的沙滩上，看着夕阳西下，月亮从我们身后的山头升起。男人们穿着灯芯绒衣服。女人们围着花头巾。他们搜集着漂浮到沙滩上的木头，升起了篝火。太阳落山了，天空从玫瑰红色转成深蓝色。暗蓝的夜色降临了，一切都朦胧起来。海湾那边，普罗维斯顿的灯光在闪烁着。在跳跃的篝火中，朋友们四处走动着，木头收集得越来越多，竹篮子的食品拿出来了，毯子铺在地上了。等火苗渐渐弱下去的时候，大家烤起肉和香肠来。火边放着一大锅烧豆子，还有一桶海贝、一大壶咖啡。吃完之后，大家围着火堆开始唱歌。这时候，月亮已经升到头顶，潮水送来海洋的低语。我们唱着："我想念淡黄色头发的杰妮……"

在八月宁静温暖的下午，我们一起在海里游泳。一道道长长的海浪翻卷着，澄静清澈，撞击在沙滩上以后，碎成一片雪白，散落四周。在遥远的天际线以外，在目光不能看到的地方，在世界的那一面，是欧洲，正被战争撕得四分五裂。而这里，一切都是那么和平安详：空荡荡的海滩在夏日的阳光下，漫无边际地铺向南方。微风吹拂着沙丘上的小草，大海的雷鸣声中，夹杂着孩子们的叫喊声。

在这样的时刻，在世界的美触摸到我的内心深处时，我就不可抑制地想起珍妮来。可我并不觉得孤单，我自己也不能解释这是为什么。因为我有这么一种感觉，而且现在还有，我并不孤独。我觉得，这个世界和我，和珍妮，是合而为一的。我们是一个难以名状的整体。珍妮不在这里，她不在我眼前，也不在这些日复一日的日常生活里，因此使得这些生活看上去很不真实。不管天气是晴还是阴，她不在这里。在鳕鱼角落下的雨水，也不会落到正在别处匆匆行走的她的身上。谁知道，她在哪个城市？哪一年？正因为这样，过去所有的风雨在我看来只是风雨，过去所有的季节，在我看来也都和我的夏天融为一体。因为她在世界的某一个地方。不管她在哪里，有她的地方，也就有我。

她曾经说过："这世界多美啊，艾本。世界就是为美而存在的。不管我们是活在现在，还是活在很多年以前。"我们曾经共同拥有过那种美，我们永远不会失去它。

第 十 七 章

　　夏天渐渐过去，秋天到了。可是，珍妮没有回来。九月的时候，紫叶莓红了。人们在路边的田野里摘采野生李子，准备做果酱。河边的芦苇开始泛出银黄色的光泽。午后的阳光穿过低矮的松树枝叶照在我的小屋上。在夏天离开故乡飞到北方的候鸟们，那些红冠啄木鸟、山雀、翠鸟、白头翁等，现在又重新飞回南方。燕子们快速地掠过天空。傍晚的时候，能看到排成"人"字形的大雁向着南方飞去。

　　我从马修先生那里得到了数目很大的一张支票。我决定拿出一部分钱，向约翰·温斯顿的弟弟比尔租一条小帆船。比尔住在铁路桥附近，紧靠着帕末河的入海口。

对怎么驾驭帆船，我还是懂一点的。我相信不会出什么岔子。这艘帆船长 18 英尺，船底中央有龙骨控制船身的平衡。帆船停泊在出海口附近的一条狭窄而湍急的小河道里。出海以前，得驾驭着帆船穿过狭窄水道。这需要一点技巧，而且潮汐和风向都得把握好。可这个时节差不多总是从百慕大刮来的东风，在远处海洋的上空看不见的地方聚集起一大堆云层。顺风的时候，我往往能逆着潮流自己开出去。可返回的时候，我不得不等着潮汐的到来，然后顺着风势驶进小水道。雅恩成了我的水手。他面向前方，把握着船帆，庄严而豪迈地调整着船帆的角度。逆风行舟，看着河水从两侧流过，听着水浪拍打着船舷，有一种特别的快感。而且，这也是很好的运动。我的胳膊酸痛，双手起泡。

我们经常驶出海湾，有时驶到撒网区域。还有一两次，我们甚至一直开到普罗维斯顿。远离人群，水面上阳光闪闪烁烁，一望无际的蓝色，平稳的风，清晰的视野。真是一个独特的世界。在这个世界里我感觉非常快乐。

九月底，天气预报播报在加勒比海上空已形成飓风。

我们没有介意。这本来就是飓风季节。那些飓风不是扑向佛罗里达沿海的沙滩，就是消失在大西洋上空。这次飓风的目标显然是佛罗里达。

在鳕鱼角，有很长一段时间天气异乎寻常地晴朗。雅恩说，这天气正在酝酿风暴。我们应该尽情地享受。当旅游旺季结束时，暴风雨就会袭来。浪急风高，就再不适于驾船出海了。我们每天都驾船出海。天气暖和得有点反常。总是刮着东南风。我们知道它是随时可能转成北风的。

星期一的天气预报说，飓风并没有袭击佛罗里达，而是掉头扑向卡罗莱纳了。这就是说，暴风雨要从西南方向来了。可是星期二的天气预报又说，飓风又掉头往东了，它将消失在大海里。我们估计还有几个晴好的天气可以出海，决定沿着海岸再来一次长途行驶。我们计划在威尔佛里特的格雷特岛上过一夜。第二天返回。星期二中午前我们启程，一路东南风，我们顺风顺水。

当天晚上，我们在岛上露宿。在沙滩上生起了篝火。我们坐在火堆旁聊天。我们的影子在身后的树丛中跳跃着。深蓝的夜空上洒满了星星，在我们头顶上，好像一片巨大的湖。下了锚的帆船，随着海浪轻轻地颠簸着。我试着对雅恩说出我内心的世界和在我脑海中久久徘徊不愿离去的思想。"我们知道得太少了。"我说，"而我们应该知道的，又是那么多。我们只是靠我们感觉到的一切生活。我们只看到我们鼻子底下的那点东西。在我们头顶上，有很多太阳系，比我们知道的太阳系还大。一滴水里，包含着整个宇宙。时间无尽地延伸着。这个地球，这片海洋，这个瞬间即逝的人生，其实是毫无意义的。昨天像今天一样真实。我们只是忘记了。"

雅恩打着哈欠。"是的。"他说，"确实是这样。睡觉吧。"

"还有爱情，"我说，"也是不会结束的。今天的短暂快乐，只不过是其中的一小部分。"

"睡觉吧，"雅恩说，"明天又是新的一天。"

那天晚上，我生平第一次梦见珍妮。我梦见很久以前我们的第一次见面，一切都在我的眼前重现。我看见还是孩子的她，沿着林荫路上那一张张空椅子走去。我又听见她说："我希望，你能等着我，等我长大。可是，我担心你不会愿意这么做。"我在梦里记起她那不成调的短歌："海风吹，海浪高……"

我突然惊醒过来，我觉得好像会出什么事。风还在温暖地吹，还是平稳的东南风，但风力增强了一些。空气里有了雾气。几块形状古怪的云飞速地飘过头顶。我弯下身子，摇着雅恩的肩膀。"起来，雅恩。"我说，"我们得回去了。"

我们把帆升起来，向北，向着图鲁尔驶去。海上的风更大了，强劲地从背后吹来。我使劲拉着帆。海浪汹涌，船倾斜着，我用很大的劲才掌着舵。雅恩不作声，不时抬头看着天空。

雾慢慢地浓重起来。云越聚越多。有的高，有的低，它们飞速地浮动着。我们从来没见过这些形状：长长的圆柱形，雾状的爪子，熏黑的手指。它们是灰白色的，就像肮脏的棉花。我把主帆固定起来，但我担心它经不起这样的风浪。"雅恩，"我大喊，"把前帆收起来好不好？"

　　雅恩点点头，不说话。前帆收起以后，船不再倾斜。我发现我的手指在发颤。雅恩脸色苍白。风刮得很古怪。我说："我们得赶快离开这儿。"

　　只升着一个主帆的船飞快地向前冲去。我试着顺过船头，使船尽可能沿着岸边行驶，让海岸为我们挡风。浪更高了，浪尖上爆发出一片片白沫。我把整个身子压在舵杆上，艰难地稳住船身。我问自己，是不是干脆把船开到岸边去。可是，除了图鲁尔的帕末河以外，没有一个地方可以使船只安全停泊。我不知道这风有多大，但它确实是大，而且夹杂着一种远方传来的恐怖的音响。快到中午时，雅恩指指后面。我顺着他指的方向抬眼望去，只见南面的天际线已经完全消失在一片黑雾中。不是乌黑，是黑中带黄。我想，也许是雨。可看上去也不全像。我想我们得赶快离开。

　　掌着舵杆的胳膊和手疼得厉害。我的腿也因为长时间地抵着舷侧而疲劳无力了。我朝雅恩招招手，让他到后面来顶替我一阵。我到前面去，把涌进船舱的水往外泼。在船舱里看出去，海浪又高了很多。有时候把船尾抬到半空中，在浪尖上停留一会儿，再重重地垂落下来，摇晃旋转着，直到雅恩把船拨正。每次当帆沉到水里时，我就以为船要翻了。我的喉咙发涩。但我没有觉得害怕，因为我根本没有时间害怕。我倾听着风声，我从来没有听过这样凶猛的风声。

很快，我们向着帕末河驶去。我回去掌舵，让雅恩负责主帆。船倾斜得太厉害的时候，他就把主帆松开。他把控制帆的绳索绕在船舷上的一个木桩上。尽管如此，他还得拼着命才能把帆拉住。我们顺着风势躺在甲板上，用脚死死稳住舵杆。巨大的海浪从后面打来，在船尾激起一堆浪花。深绿色的海水沿着后甲板灌进来，一直漫到船舷。我们脚下简直就是一片海。有时候一个海浪涌来，直扑舱底。我扳一下舵杆，船又浮起来了。大部分时间里，船都处于半沉半浮的状态。我也不知道过了多久。"我想，我们能挺过去。"我说。雅恩摇摇头，回答说："也许。"离岸近200米的地方，主帆坏了。它的顶尖撕裂了。然后前帆也坏了。我想，我们完了。可是，两个帆互相靠压在一起，形成了一个三角。船速突然缓慢下来。我想，

只要它们能保持这样，这也是一个帆。而我们距目的地
已经很近了。我说："雅恩，我们一定能行。"

海浪太高了，已经看不见帕末河的河口。我断定潮
水也已经很高了。我让船向着铁路桥驶去。就看我们的
运气了。我们的船被一股呼啸的海浪托举着，在白色的
浪花中冲进了河口。海浪托着船，就像托着一块木头一样，
一直往河道里送，一直把我们送到离港口 100 多米的沙
滩上。雅恩第一个冲出去，还没来得及把主帆放下，狂
风已经把主帆从他手中拔出去，像一个气球一样吹过河
道，下面还挂着半截船索。我们把锚抛下去，可是没有用。
6 英尺高的海浪像野马一样冲上来。"下锚没用，雅恩。"
我说，"海潮正倒灌进来。它们马上就会把船拖到桥底下，
桥会把桅杆折断。"我们已经无能为力。我没有想象到
会有这么高的浪潮。

比尔看着我们驶进河口。我们把船拖到沙滩上，爬
上公路的时候，他正在那里等我们。

"天哪，你们真够险的。"

我想对他笑笑，却发现自己的腿在哆嗦，牙齿在打战，

简直就站不住了。"比尔，真对不起把船弄成这样。"我说，
"我没有料到会遇上这么大的风。"

比尔看着我，摇摇头说："什么大风，见鬼！"他吼着，
"这是飓风。"

第 十 八 章

比尔告诉我们，飓风的信号已经在灯塔上升起了。他说，他紧张得都想呕吐了。可是，我们都明白，这只不过是刚刚开始。

我们尽最大的能力把船固定好。然后，比尔开车送我们到河的北岸。路上，只要经过一处没有沙丘或者树丛遮挡的地方，就能听到沙子打在车子上的声音。有一两次，狂风突然袭来时，我们的车都差点被吹翻。比尔把我们送到屋子前，自己赶紧回去观察潮水。水面已经快跟他家的屋子一样高了。

当我们沿着小路往小屋走去时，我真正领教了飓风的狂暴。刚才在海上，我们忙得什么都顾不上。而且，在一定程度上，我们也是风的一部分。我们既被风刮着走，也被风赶着走。而在这里，东南方向的风毫无遮挡地刮过来，就像拳头一样猛击着我们。

从帕末河对面源源不断吹来的风，就像一道空气激流一样，沉重、强硬、迅疾，让人无法抵挡。风把沼泽地里的草彻底压倒，把松树折成弧形。这风好像有一股超越自然的力量，它好像从很遥远的地方吹来，却如此逼近。它好像不属于这个地球，就好像是死神本人的亲自造访。我的心脏激烈地跳动着，浑身冰冷，紧张万分。我又一次听到在海洋上听过的那种奇异的呼啸，如泣如吼，遥远而高不可及。那片黑中带黄的云墙仍然聚集在南方的天际。或许已经近了些？我没法判断。从沙丘上看下去，河水已经没过了沼泽地，深黄色，带着一条条黄色的泡沫。"我们回来了，真高兴。"我在风里朝着雅恩喊。

他第一次笑了。他喊："希望屋子能够顶得住。"

水边一棵刺槐突然断裂下一截树枝，顺着水向我们飘来。"快，"我说，"我们赶紧进屋。"

为了避风，我们从房子后面绕过去。我们出去的这两天，杂货店伙计在门口放了一盒鸡蛋，现在已经一地稀烂。我想，明天真是够清扫一阵的了。我没法停下来，风直接扑过来，把我们卷进屋子。我们俩不得不用肩膀扛着，把门关起来。屋子里又冷又静。在海湾里待了那么久，耳朵还在轰轰作响。过了一会儿，耳鸣消失了，我才听出屋外的风雨声，还有那种高远的呼啸声。

雅恩生起了火。我取出威士忌，狠狠地喝了一口。一股热流从喉咙一直流进肚子里。我们站在火堆前，面面相觑。我觉得屋子不时震动着，窗子格格作响。我记起以前在书中读到的关于飓风的知识，在想是不是把百叶窗也关上。然后我想起来，这屋子并没有百叶窗。那我们就再没什么措施可以防护了。

"不知道帆船是不是能挺过去。"我说。

"我想不能。"雅恩回答。

"我们还算运气。"我说。

我又喝了一口威士忌。"我真想知道普罗维斯顿现在怎么样了。"我说，"希望不会太糟糕。"

这时雨点开始落下来了。雨不算大，但雨点被风刮得平射过来。十分钟不到，门口就积了一大汪泥浆水。我在门底下塞了块毛巾挡水。

风越来越大。有几次，整个屋子都震动起来。我以为墙会倒塌下来。可我们无计可施，只能坐在那里听天由命。过了一会儿，雅恩说好像应该出去看看。他想见识一下飓风是什么模样。我们从后门出去，费了很大劲把门关上。当我们绕到屋子前面时，我们几乎透不过气来。我们的嘴和鼻子都被风堵住了。

"老伙计，"雅恩说，"幸好我们现在不在海湾里。"

整个海湾全部消失在风雨中了，只看见漆黑迷濛的一片，分不出雨点、浪花还是沙土。我看见对面岛上的一根电线杆倒下了，赶紧指给雅恩看。紧接着，屋子后面高大的榆树也倒下了。

它慢慢地倾斜下去，好像发出一声叹息。地面被带起一大片泥土。雅恩沉默着。可他的眼睛里充满了惊恐。他攥着我的胳膊，指指河对面。一瞬间，我们看见比尔破旧的杂物棚歪倒在地上，风推着它缓缓滑向河边。

"我们过去帮帮他。"我把嘴凑到雅恩耳朵边大声喊。他无可奈何地回喊："我们怎么过去？"

我们抓着一棵吹弯的松树，窝着腰紧靠在一起，眼睁睁地看着比尔的屋子。水上警察的巡逻车开过来。它在后面的路上停住。一个穿长筒雨靴披着雨衣的警察吃力地走过来。"天哪，你们两个人在外面干什么？"他吃惊地问。我们告诉他，刚才看到比尔家的杂物棚刮进河里去了。他说："等会儿，河里的东西更多呢。海水已经漫过沙丘倒灌进来了。"他回到车上，往对岸开去。

我们站的地方，比水面高出许多。我不能想象，倒灌的海水能淹到我们脚下。可没多久，也许十分钟不到，就能看见一排海浪从远处席卷而来。看上去并不怎么高，一道黄黄的泡沫，夹着树枝和泥沙，看上去十分恐怖。海浪从我们的脚下过去，转眼间，一切都消失了，沼泽地不见了，只看见飞速流淌的水。

就在这时，我看到了珍妮。

她就在我下面，偏东面，靠近渡口的地方。她在河里挣扎着，想攀上岸来。她看上去已经精疲力竭，风像一条狂暴的狗一样追赶着她。在我看见她的一瞬间，她突然站立不稳，倒向河里。东边又涌来一道巨浪。眼见着就要扑过来了。

我不记得我是怎样顶着风冲下坡去的，但我做到了。我一把拉住她，把她拖回岸上。紧接着，浪头就在我们脚下一英尺的地方卷过去。她靠在我身上，闭着眼睛，脸色苍白，精疲力竭。她说："亲爱的，我真怕我到不了这里。"

我紧紧搂着她。即使我们周围洪水湍急，我依然相信，情况并不严重。我用我的脸贴在她的脸上。她的脸颊如死亡般地冰冷。她缓慢地、吃力地抬起胳膊，搂住我的脖子。"我必须回到你身边，艾本。"她说。

"珍妮，我们得抓紧时间。"我对她说。我想把她拉到坡上。可是，她的身体像失去了知觉，沉重无比。她已经无法动弹了。她悲伤地看着我，笑了笑，摇摇头，说："艾本，你快走，我不行了。"

我使劲把她托起来，可是她太沉重，我做不到。地上很滑，水在不断地升高，差不多到脚下了。一道黑色的浪直扑我的脚边。"珍妮,"我喊,"求求上帝!"

"让我看看你,"她低低地说。我听不见她的声音,但我知道她在说什么。她把我的脸捧在手上,用她黑色的大眼睛久久地看着我。她说:"已经是很久以前的事了,亲爱的。"

我不想说话,我想带她离开这里,我想把她托上高坡,离开水面。"你看,"我说,"让我把你背起来,行吗?"

她好像没有听见我的话。"是的,"她自语着,"我没做错。"

"珍妮,"我喊,"求求你……"

她用胳膊紧紧地搂住我。"艾本,抱紧我。"她说,"我们现在在一起了。"

我紧紧地抱着她。可是,心里很慌。我没法托起她,我没法带她离开这里。而我们站的地方已经渐渐被水淹没了。"雅恩,"我拼命喊着,"雅恩!"

我眼睁睁地看着发生的一切。

从海湾那边卷来一片混浊的巨浪,沿着河道一路翻卷过来。我们无处可逃。我们也没有时间可以爬到高处。

它迅疾而势不可挡，带着奇异的呼啸声。好吧，我心想，不管发生什么，我们死活在一起。

我低头在她的嘴唇上深深地吻了一下。"是的，珍妮，"我说，"现在我们在一起。"

她知道将会发生什么。"艾本，"她低语着，亲吻着我的脸颊，"爱只有一次，什么都不能改变它。这样很好，亲爱的，不管发生什么，我们将永远在一起，在某个地方。"

"我知道，"我说。

然后，海浪就把我们吞没了。我想抓住珍妮，带她一起出去。可是，海浪把我们分开了。我感觉到她从我的手里滑落，水把我冲倒了，我身不由己地在浪中旋转。我冒出了水面，又沉落下去。再次冒出水面。然后被什么东西撞击了一下，以后我就不省人事了。

雅恩找到我时，我正伏在一棵横倒的树上，身子的一半还在水里。他把我拖到安全的地方。我一点也不知道，他一个人是怎么在风暴中把我拖上高坡，弄进屋子的。他把我放在床上，给我灌了差不多半升威士忌。他整个晚上都守着我。后来，他告诉我，他不得不把我强行按在床上。因为我不断地想往河边去。我一丁点印象都没有了。在我的脑子里，那只是乌黑一片，我所记得的，也就是这片黑色。

过了一星期以后，我才能出去活动。其实这不重要。因为路全部被淹没了，反正也出不去。我躺在床上，吃着雅恩给我的东西，努力不去回忆发生的一切。雅恩陆续带来了外面的消息。他告诉我，图鲁尔的损失不是很重。普罗维斯顿有很多大树被吹倒了。一艘渔船被刮到了礁石上。约翰·温斯顿撒在北图鲁尔海的渔网全丢了。除了海水倒灌进帕末河以外，别的还不算太糟糕。比尔家的屋子没有损害，只是水都漫到了窗台上。沙滩上的沙又堆积起来。过不了多久，一切都恢复原状了。

在一个丽日蓝天的秋日，街上的天空一汪碧蓝，阳光金灿灿地照耀着。我回到纽约。

明朗的光线为摩天大楼勾勒出尖锐清晰的线条。马修先生在画廊里等我。"我们很为你担心，艾本。"他说，

"史宾尼小姐和我……我们很久都没有听到你的消息。"他很不自然地拍着我的肩膀。"看见你真高兴，我的孩子。"他说，"我真的很高兴。"

史宾尼小姐什么也没说。她好像刚刚哭过一样。

是古斯，把一张剪报给我看。"我想，也许你还没有读到，马克。"

这是从报纸上剪下来的一篇文章，日子是9月22日。文章里说：拉塔尼亚号邮船今天用无线电报告，该船在距离纳塔基特灯塔100多英里的地方遭遇飓风，有一位乘客失踪。乘客为珍妮·阿普顿小姐，在国外留学8年，乘船返回美国。巨浪来袭时，击中船舱的一部分，阿普顿小姐被卷入海中，另有数人受伤。该公司的职员正在设法寻找阿普顿小姐的国内亲属。

古斯犹豫了一下。他看看我，又掉过头去。"我想，你也许不知道。"他说，"马克，真遗憾。"

我把剪报还给他。"没什么，"我说，"我知道。一切都好。"我低声为自己重复一遍，"一切都好。"

风 中 的 吟 唱

（译后记）

程玮

第一次读《珍妮的肖像》时，我还是个年轻的女孩，还没有遭遇爱情，还没有上大学，也还没有机会阅读很多世界文学经典。那一本薄薄的小书讲了一个奇特诡异的故事：穷途末路的画家艾本在冬日夜晚的公园里偶遇一个奇特的小女孩，为她画了几幅速写，竟然获得了小小的成功。于是他打算给女孩画一幅肖像。但这是一个来去无踪的女孩。而且每一次相见，这个女孩都会长大很多。等画像完成的时候，珍妮已经完全出落成一个美丽的女子。他们相爱了。但是珍妮告诉艾本，她必须去法国读书。两人告别后不久，艾本在冥冥之中听到珍妮在海边的呼救。艾本早已明白与他相遇的是珍妮的鬼魂。但他希望改写她的命运。在狂风暴雨和汹涌连天的海潮中，他下海去救珍妮。但是，命运无法改变。珍妮消失在狂暴的大海中。

　　这本书时空交错的写法让我眩晕、震惊和欣喜。我第一次发现，原来还可以用这样的方式讲述一个故事。书中艾本和珍妮超越时空的爱情，让我受到强烈震撼，甚至让我觉得恐惧。

　　这本书，在我青春时代的心灵上留下了一道深深的痕迹。

　　后来，我上了大学，接触到很多经典名著，也学习了西方文学史。我渐渐意识到，在星光灿烂的文学经典夜空中，《珍妮的肖像》是一颗不很起眼，甚至是很少被关注的渺小的星星。可是，在文学和人生道路的一路前行中，我对这本书始终不能忘怀。

　　再后来，我发现，这本书其实始终拥有着一个小小的、有特殊气质的读者群。在我与某一个爱书人深入交谈以后，在我觉得他可能属于那个小小的群体时，我会小心翼翼地提到这本书，问他是否知道，是否读过，是否喜欢？如果他知道，他读过，而且他喜欢，我的内心深处会掠过一阵快乐的悸动。我明白，在我们的灵魂深处，有某些相近相通的东西。这就像《小王子》里的"我"用那幅蟒蛇吞大象的画去试探成年人一样。如果成年人回答说，那是一顶草帽。"我"会立刻明白，跟他只能谈论高尔夫或者是金钱。如果他能看出是一头大象藏在蟒蛇的肚子里，"我"就会欣喜若狂，开始与那个成年人深入讨论玫瑰和星星的话题。

对于那些像我一样钟情于《珍妮的肖像》的人，我会把他们视作朋友。我愿意与他们谈艺术，谈生死和永恒，甚至，谈灵异。

三毛也属于这个小小的群体。在三毛最早发表的散文《惑》中，她曾细腻地描写了自己幼时看影片《珍妮的肖像》以后，病中迷失在《珍妮的肖像》的幻觉里。那首在风中浪中断断续续吟唱的歌声，伴随了三毛整个人生的道路。

和许多名著一样，改编后的电影名声远远超过原著。而影片《珍妮的肖像》也曾被通俗地定义为人鬼情恋，灵异与死亡。

如果只是停留在这个层面，我们完全没有必要再一次翻译这本书、出版这本书。因为从古到今，这样的故事已经有很多很多。

我从哪里来，我到哪里去？

自从人类拥有思考能力以后，就开始思索，并寻求解答这个问题。这个问题没有，也不可能有终结的答案。它永远处于进行时态。人们在探索追寻的旅途上一路前行，于是道路两旁盛开出信仰、哲学和艺术的鲜花，美丽繁华，景色迷人。

我从哪里来，

> 没有人知道。
>
> 我去的地方，
>
> 人人都会去。
>
> 海风吹，
>
> 海浪高，
>
> 真相无人知晓。

一个冬天的傍晚，小小的珍妮像小鸟一样跳跃着，来到失意潦倒的画家艾本面前。她为画家带来了这一首奇特的歌。又有一天，这首奇特的歌在风中浪中隐约漂浮，长大了的珍妮不可挽回地消失在汹涌的海浪中。

真相始终无人知晓，就像始终没有人能解答珍妮究竟从哪里来，到哪里去，为什么要来，为什么要去。

但是，在珍妮和艾本共同走过的路途上，爱情之花已经盛开，艺术之果已经丰硕。阅读者们追随着他们，对信仰、哲学、艺术和爱情做了一次美好而忧伤的冥想和思考。

感谢南京大学出版社，让我能够翻译这本我心爱的书。

小时候读过的《珍妮的肖像》，是周煦良前辈的译作，感激，致敬。

2017 年初春于德国汉堡家中

作者介绍

　　罗伯特·纳森（Robert Nathan，1894-1985），美国作家，诗人。1912年开始在哈佛大学学习，后辍学。1919年开始发表作品，其中包括长篇小说、诗歌、儿童读物和剧作等。1940年出版的《珍妮的肖像》是他影响最大的一部作品。他曾当选为美国国家艺术文学院院士。

译者介绍

　　程玮，著名旅德作家，翻译家。1982年毕业于南京大学中文系，1988年在西柏林国际电视中心培训毕业。1992年定居德国汉堡，从事中德文化交流活动，为德国电视二台制片人，拍摄了大量介绍中国文化的纪录片。2006年始，应邀在《扬子晚报》开设"说东道西"专栏，从东西方文化角度，与国内读者分享所见所闻，深受读者喜爱，专栏内容后集结成书《从容的香槟》。

　　中篇小说《来自异国的孩子》、长篇小说《少女的红发卡》分获第一、二届全国优秀儿童文学奖。电视剧《秋白之死》获1987年飞天奖最佳编剧奖，电影《豆蔻年华》获金鸡奖及政府奖，影响一代读者。

　　2008年出版《程玮至真小说散文系列》（8部）。2009年在德国ISKOPRESS出版德文版短篇小说集《白色的塔》。2011年系列小说《周末与爱丽丝聊天》被列为国家"十二五"重点出版规划项目，并入选2011年度"大众喜爱的50种图书"，其中《米兰的秘密花园》获"2011年冰心儿童图书奖"。

　　2014年出版的《周末与米兰聊天》系列，再次被列入国家"十二五"重点出版规划项目，并入选"2014中国童书榜"10部年度最佳童书，其中《两根弦的小提琴》入选2014年度"大众喜爱的50种图书"；《龟背上的花纹》获"2014年冰心儿童图书奖"。

　　翻译出版《小王子》《珍妮的肖像》《大盗贼》《我和小姐姐克拉拉》（完整版）等作品，入选2016 IBBY（国际儿童读物联盟）荣誉名单。

画 家 介 绍

　　傅斯特，毕业于清华大学美术学院绘画系。2007 年赴法国，研究生毕业于法国北加莱公立高等美术学院。现作为职业艺术家生活工作在法国巴黎。

　　近期展览：

　　2017 年　个展"被扰乱的叙事"，巴黎北京画廊，法国巴黎

　　2017 年　"对流层"中国旅法青年艺术家联展，Le 6B，法国圣德尼

　　2016 年　"艺术巴黎"巴黎当代艺术博览会，巴黎大皇宫

　　2015 年　"心神"，中国当代绘画联展，巴黎北京画廊，法国巴黎

　　2014 年　个展"政客"，巴黎北京画廊，法国巴黎

　　　　　　"勿回首"中国青年当代绘画联展，巴黎北京画廊，比利时布鲁塞尔

　　作品多次在法国获奖，包括 Canson 奖、ARTENSION 艺术杂志等奖项。